CB055696

DUENDES, GIGANTES
E OUTROS SERES FANTÁSTICOS

Na época em que os Tuatha De Dannan mantinham a soberania da Irlanda, reinava em Leinster um rei que gostava muito de ouvir histórias. Assim como os outros chefes do clã e príncipes da ilha, ele tinha um contador de histórias predileto, que ganhara uma grande propriedade de Sua Majestade, sob a condição de lhe contar uma história nova todas as noites de sua vida, antes de ir dormir.

DUENDES, GIGANTES
E OUTROS SERES FANTÁSTICOS

Tradução:
VILMA MARIA DA SILVA
E INÊS A. LOHBAUER

MARTIN CLARET

SUMÁRIO

11 Apresentação

**DUENDES, GIGANTES
E OUTROS SERES
FANTÁSTICOS**

19 A sereia

33 O Shee an Gannon e
    o Gruagach Gaire

43 O contador de histórias

59 Munachar e Manachar

65 O caldo de cascas de ovo

69 A lenda de Knockgrafton

79 Elidore

85 A cura da perna de Kayn

111 Como Fin foi ao
    reino dos gigantes

123 O rei O'Toole e sua gansa

APRESENTAÇÃO
SERES FANTÁSTICOS
E SEU ETERNO FASCÍNIO

LILIAN CRISTINA CORRÊA*

Em se tratando de seres fantásticos há sempre muito o que dizer, mas nem tudo é passível de compreensão. Trazer tais narrativas à luz da razão não oferece muita ajuda àqueles que pretendem compreendê-las, ao menos não em um primeiro momento — antes de tudo é preciso envolvimento com o universo que cerca estes seres tão diferentes da imagem habitual que temos dos humanos e também com a cultura à qual eles pertencem.

Lendários, estes seres, ditos fantásticos, habitam a mitologia e o folclore de diversas regiões e um mesmo ser pode ser apresentado de maneiras diversas por cul-

---

* Mestre e Doutora em Letras (UPM), professora dos cursos de graduação e pós-graduação *lato sensu* da Universidade Presbiteriana Mackenzie, nas áreas de língua e literaturas em língua inglesa, tradução e metodologias do ensino de língua inglesa.

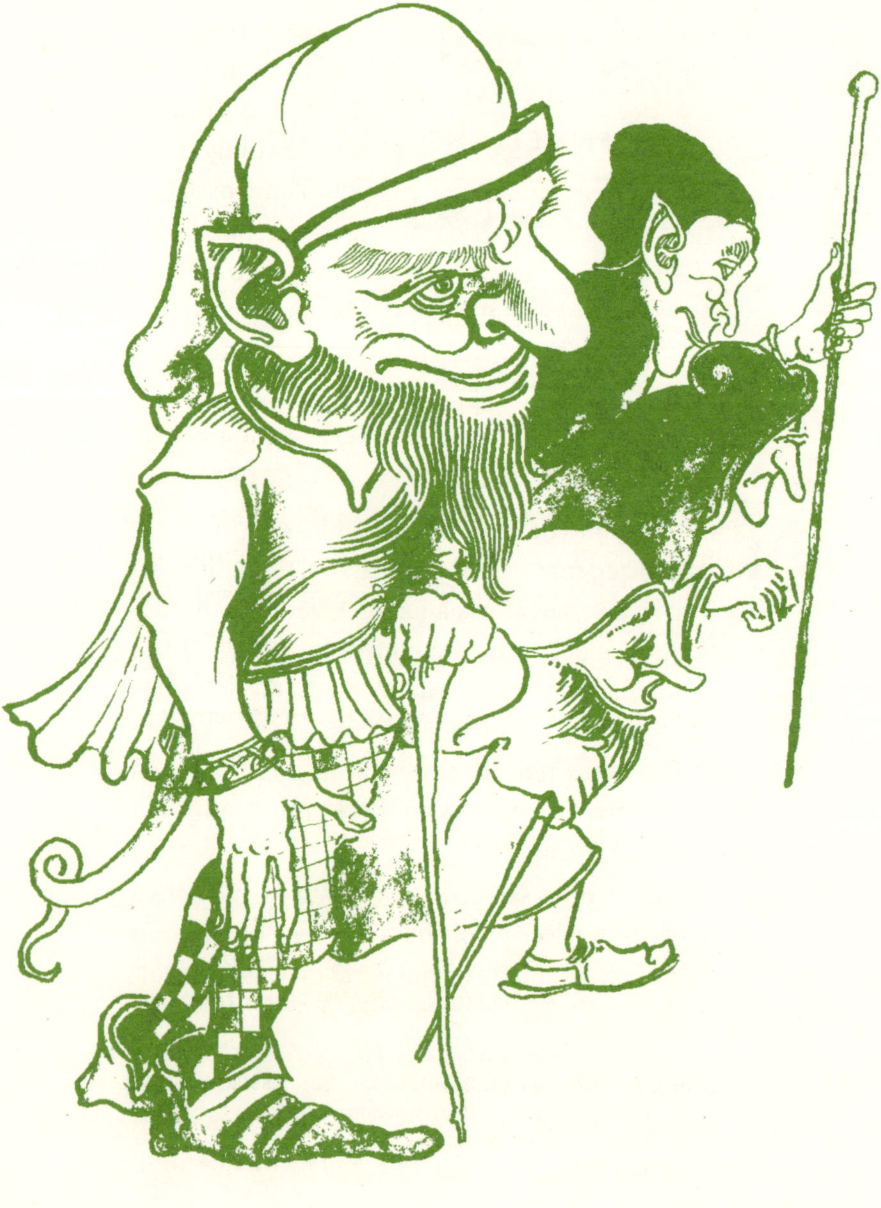

turas diferentes. Por que são considerados fantásticos, sobrenaturais? Por possuírem características que não pertencem ao mundo dito real, como a monstruosidade, diversas cabeças, forma metade humana metade animal, o fato de cuspirem fogo, como os dragões, ou de apresentarem tamanho demasiado, como os gigantes, ou diminuto, como os anões, ou mesmo alguns monstros, como o famoso Monstro do Lago Ness.

Entretanto, mais do que a curiosidade acerca da fantasia há o fascínio que estas figuras têm exercido sobre as pessoas ao longo dos tempos; e a cultura celta é uma das origens mais profícuas para encontrarmos este tipo de aparições, em narrativas ora surpreendentes ora repletas de verdades acerca do comportamento humano, concentrando exemplos de bondade, maldade, honestidade, amor e persistência, entre tantos outros atributos, em contos que deixam o leitor deliciosamente envolvido com os feitos de suas personagens, ao mesmo tempo em que provocam o pensar, a tomada de consciência e a inevitável comparação entre os mundos fantástico e real.

Segundo Bettelheim (1980),

> Através dos séculos (quando não dos milênios) durante os quais os contos de fadas, sendo recontados, foram se tornando cada vez mais refinados, e passaram a transmitir ao mesmo tempo significados manifestos e encobertos — passaram a falar simultaneamente a todos os níveis da personalidade humana, comunicando de uma maneira que atinge

a mente ingênua da criança tanto quanto a de um adulto sofisticado. (p. 14)

Não há, portanto, idade para este tipo de leitura, pois seus temas são atemporais e cada um destes seres pode, de alguma forma, representar símbolos mais do que profundos tanto para os estudiosos quanto para os curiosos amantes da literatura. Temos, por exemplo, as fadas, verdadeiras beldades aladas, sempre prontas a servir (mesmo que renovadas em tempos mais contemporâneos); há os elfos, como magos; os gnomos conhecidos como pequenos gênios; as encantadoras sereias e seus poderes; os dragões com corpo de serpente e seus mágicos poderes, entre tantos outros.

Advindas em grande parte do universo celta, estas criaturas mantêm relações com os principais elementos da natureza, a terra, o fogo, o ar e a água, reforçando a noção de que este povo retirava da própria natureza os seus mais diversos poderes e também a partir de onde se sustentavam. O que parece mais interessante é que mesmo depois de tantos anos o fascínio destes seres permanece o mesmo e tantas outras narrativas são recontadas ou recriadas a partir de contos como os que você, leitor, encontrará nesta coletânea.

Fazer parte deste mundo, compartilhar estas experiências, de alguma forma, traz a nós, leitores, a oportunidade de recriar a estrutura típica de sociedades tão antigas quanto a celta em que contar histórias era uma forma de passar a sabedoria popular às gerações mais jovens, pois contar e ouvir histórias constituía parte crucial da vida daquelas pessoas e as narrativas favoreciam uma aproximação, uma espécie de senso de passado herdado, informando sobre os perigos e tentações que a vida pode oferecer, ao mesmo tempo em que formavam padrões morais, tratando do certo e do errado, do bem e do mal e da diferença entre eles.

E toda essa gama de conhecimento era mais do que uma ocasião, um evento importante que trazia famílias e amigos e os fazia refletir sobre sua própria herança cultural, assim como o faremos agora, ao iniciar estas leituras.

Referências

BETTELHEIM, B. **A psicanálise dos contos de fadas**. Rio de Janeiro: Ed. Paz e Terra, 1980.
CUNLIFFE, B. **The Celts**. *A very short Introduction*. NY:OUP, 2003.

DUENDES, GIGANTES
E OUTROS SERES FANTÁSTICOS

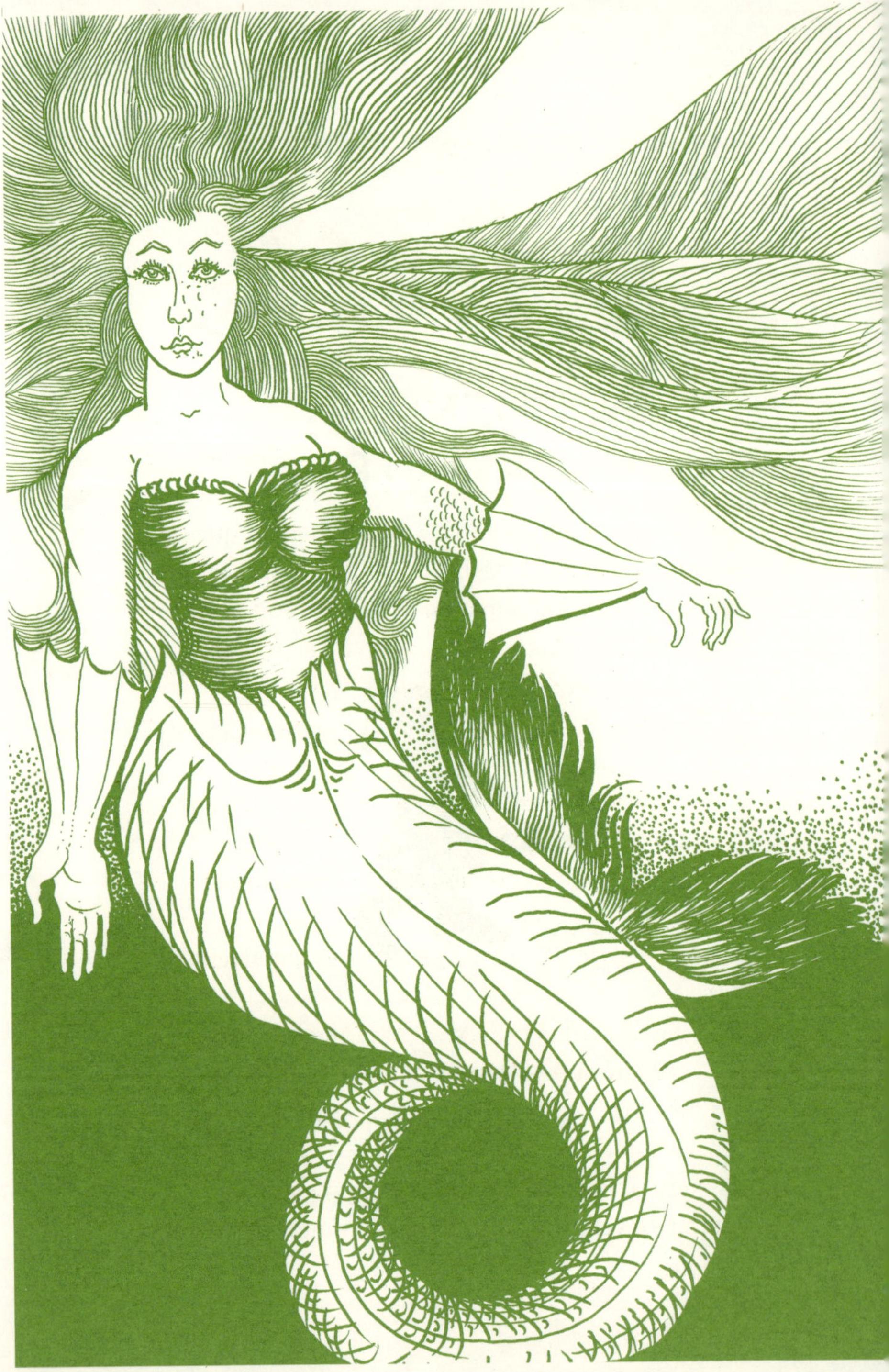

A SEREIA

Era uma vez um velho e pobre pescador, que num ano de muita escassez não conseguiu pescar muitos peixes. Um dia, enquanto estava pescando, viu uma sereia surgir ao lado de seu barco e lhe perguntar:

— Você está pescando muitos peixes?

O velho respondeu:

— Não, não estou.

— Que recompensa você me daria se eu lhe enviasse um monte de peixes?

— Oh! — disse o velho. — Não tenho muita coisa para dar.

— Você me daria o primeiro filho que tivesse? — disse ela.

— Sim, eu o darei a você, se tiver um filho — disse ele.

— Então vá para casa, lembre-se de mim quando seu filho tiver vinte anos de idade, e você conseguirá pescar muitos peixes.

Tudo aconteceu como a sereia dissera, seu filho nasceu e o velho conseguiu pescar muitos peixes; mas o limite de vinte anos se aproximava, e o velho ficava cada vez mais tristonho e de coração pesado, enquanto contava cada dia que faltava.

Não conseguia repousar nem de dia nem de noite. Um dia o filho perguntou a seu pai:

— Alguma coisa o está perturbando?

E o velho disse:

— Está sim, mas não tem nada a ver com você ou qualquer outra pessoa.

O rapaz então disse:

— Eu preciso saber o que é.

Finalmente, seu pai resolveu lhe contar o que acontecera com a sereia.

— Não vou contrariá-la — disse o jovem.

— Você não deve, não deve ir, meu filho, mesmo que eu não consiga mais pescar peixe nenhum.

— Se não quer que eu vá junto com você pescar, então vá até o ferreiro e peça-lhe que me faça uma espada grande e bem forte, e eu irei embora ao encontro de minha fortuna.

Seu pai foi até o ferreiro, e este fez uma robusta espada para ele. O velho então voltou para casa com a espada. O rapaz pegou-a, deu-lhe uma ou duas sacudidelas, e ela se espatifou em centenas de estilhaços. Pediu então ao pai que voltasse ao ferreiro e lhe pedisse para fazer outra espada, com o dobro do peso da anterior. Foi o que o pai fez, mas a mesma coisa aconteceu com a segunda espada — ela se partiu em duas. O velho voltou ao ferreiro, e este lhe fez outra espada grande, tão grande como nunca havia feito antes.

— Eis a sua espada — disse o ferreiro. — Será preciso um pulso muito forte para manejá-la.

O velho deu a espada a seu filho, que a sacudiu uma ou duas vezes.

— Esta servirá — disse ele. — Já está mais do que na hora de me pôr a caminho.

Na manhã seguinte, ele colocou uma sela num cavalo negro que era de seu pai e trocou seu travesseiro pelo mundo. Depois de cavalgar por algum tempo, encontrou um carneiro morto à beira da estrada e um grande cão negro, um falcão e uma lontra discutindo sobre os despojos. Então pediram ao rapaz que dividisse o carneiro morto para eles. Ele desceu do cavalo e o dividiu entre os três. Três pedaços para o cão, dois pedaços para a lontra e um pedaço para o falcão.

— Por tudo isso — disse o cão —, se precisar da ajuda de pés ligeiros ou dentes afiados, lembre-se de mim, e estarei ao seu lado.

A lontra disse:

— Se precisar de alguém que nade no fundo de um lago para soltá-lo, lembre-se de mim, e estarei do seu lado.

Disse o falcão:

— Se surgir alguma dificuldade em que asas ligeiras ou bicadas afiadas sejam úteis, lembre-se de mim, e estarei do seu lado.

Depois disso, ele seguiu adiante até alcançar a casa de um rei, e assumiu os serviços de pastoreio, com salários correspondentes ao leite produzido pelas vacas. Então ele guiou as vacas, mas o pasto estava muito ralo.

À noitinha, quando trouxe o gado de volta, as vacas não deram muito leite, pois o pasto estava tão pobre de capim que a comida e bebida do rapaz foram muito poucas naquela noite.

No dia seguinte, ele as levou um pouco mais longe, e finalmente chegou a um lugar com capim extremamente abundante, numa ravina verde como nunca havia visto igual.

Mas no momento em que deveria levar o gado de volta para casa, quem ele viu chegando senão um enorme gigante com uma espada na mão?!

— Hi! Ho! Hogarach! — disse o gigante. — Esse gado é meu, está nas minhas terras, e você é um homem morto.

— Eu não sabia disso — disse o pastor —, não tive intenção, mas pode ser mais fácil dizer do que fazer.

O pastor puxou a grande espada brilhante da bainha e se aproximou do gigante. Então ergueu a espada e arrancou-lhe a cabeça num piscar de olhos. Saltou sobre o cavalo negro e foi olhar a casa do gigante. O pastor entrou na casa, e no lugar havia muito dinheiro, roupas de todo tipo no armário com ouro e prata, cada coisa mais fina que a outra. Ao cair da noite, ele voltou para a casa do rei, mas não levou nada da casa do gigante. E, quando o gado foi ordenhado naquela noite, as vacas deram muito leite. Então ele se alimentou bem, comeu e bebeu à vontade, e o rei ficou muito contente por ter empregado um pastor tão bom. Por algum tempo o rapaz continuou fazendo isso, mas finalmente o capim da ravina foi desaparecendo, e o pasto não era mais tão bom.

Então o pastor pensou em ir um pouco mais longe. Avançou pelas terras do gigante e encontrou um grande parque gramado. Voltou para pegar o gado e o colocou ali no parque.

As vacas estavam há pouco tempo pastando no parque quando apareceu um enorme gigante furioso e enlouquecido.

— Hi! Haw! Hogarach! — disse o gigante. — Vou fazer uma bebida de seu sangue para saciar minha sede esta noite.

— Não foi minha intenção — disse o pastor —, mas é mais fácil dizer do que fazer.

E os dois se enfrentaram, e houve um terrível brandir de lâminas! Finalmente, com o passar do tempo, parecia que o gigante venceria o pastor. Então ele chamou o cão, e com um salto o cão negro pegou o gigante pelo pescoço e rapidamente o pastor conseguiu arrancar sua cabeça.

Voltou para casa muito cansado naquela noite, e seria muito estranho se o gado do rei não tivesse dado leite. Toda a família estava feliz por ter arranjado um pastor como ele.

No dia seguinte, ele foi até o castelo. Quando chegou à porta, uma bruxa velha aduladora foi encontrá-lo.

— Saúde e boa sorte para você, filho de pescador; eu mesma estou feliz em vê-lo, grande é a honra para este reinado recebê-lo aqui. Sua vinda fará a fama desta pequena propriedade, entre primeiro, cumprimente os nobres e depois vá tomar um fôlego.

— Entre na minha frente, velha, não gosto de adulação do lado de fora, vamos entrar e ouvir seu discurso.

Então ela entrou e, quando virou de costas, o pastor puxou a espada e cortou a sua cabeça. Mas a espada escapou de sua mão, e a bruxa velha teve tempo de agarrar a própria cabeça com as duas mãos e colocá-la sobre o pescoço de novo, onde estava antes. O cão pulou sobre a velha, mas ela bateu no animal com o seu bastão mágico e ele se deitou. O pastor lutou e conseguiu pegar o bastão mágico dela, e depois de um simples toque no alto da cabeça, num piscar de olhos ela caiu no chão. Ele avançou um pouco para dentro do salão, e o que viu ali?! Ouro e prata, e cada coisa mais preciosa do que a outra! E tudo ali, no castelo da velha bruxa! Retornou à casa do rei, e todos se rejubilaram.

O rapaz continuou pastoreando desse jeito por algum tempo, mas uma noite, depois de ter voltado para casa, em vez de ser recebido pela criada com um "saúde" e "boa sorte", encontrou todos chorando e se lamentando.

Ele perguntou qual era o motivo de toda aquela lamentação. A criada disse:

— Há um grande monstro de três cabeças no lago que exige uma vítima todos os anos, e este ano a escolhida foi a filha do rei. Ao meio-dia de amanhã, ela deverá ir ao encontro do monstro na extremidade superior do lago, mas há um grande pretendente à sua mão que veio de longe e que irá resgatá-la.

— Que pretendente é esse? — perguntou o pastor.

— Oh, ele é um grande general do exército — disse a criada — e, quando matar o monstro, poderá se casar com a filha do rei, pois ele disse que aquele que conseguisse salvar sua filha obteria sua mão em casamento.

Ao amanhecer, quando a hora já estava próxima, a filha do rei e seu herói do exército foram ao encontro do monstro e chegaram à extremidade superior do lago. Depois de algum tempo, o monstro surgiu no meio do lago, mas, quando o general viu aquele animal terrível com três cabeças, ficou apavorado, fugiu e escondeu-se. A filha do rei ficou trêmula de medo, pois não havia ninguém para salvá-la. Subitamente, ela viu um belo e vigoroso jovem aproximar-se montado num cavalo negro. O rapaz estava maravilhosamente vestido e totalmente armado, e seu cão negro caminhava atrás dele.

— Há brilho em seu rosto, ó jovem — disse ele. — O que faz aqui?

— Oh! Não importa — disse a filha do rei. — Em todo caso, não faz muito tempo que estou aqui.

— Eu não diria isso — disse ele.

— Um campeão como você fugiu, e não faz muito tempo — disse ela.

— Ele é um campeão que resiste somente à guerra — disse o jovem.

E, para enfrentar o monstro, levou a espada e o cão. Foi enorme o rebuliço e o tumulto na água entre ele e o monstro! O cão fez o que pôde, e a filha do rei ficou paralisada de medo com o barulho produzido! Às vezes um deles estava por cima, às vezes por baixo. Mas finalmente o jovem conseguiu cortar uma das cabeças do monstro. Ele soltou um enorme rugido, e a filha da terra, eco das rochas, chamou-o pelo seu grito. Ele atravessou o lago de um lado a outro fazendo muita espuma, e num piscar de olhos sumiu da vista de todos.

— A boa sorte e a vitória seguem-no, rapaz! — disse a filha do rei. — Estou salva por uma noite, mas o monstro virá de novo, e de novo, até que as duas outras cabeças sejam cortadas.

Então ele pegou a cabeça do monstro e amarrou um cordão nela, disse à jovem que a levasse para casa e a trouxesse de volta no dia seguinte. Ela deu ao pastor um anel e foi para casa com a cabeça do monstro no ombro, e ele voltou às suas vacas. Ela não tinha caminhado muito ainda quando o grande general a viu, e disse:

— Eu a matarei se você não disser que fui eu que cortei a cabeça do monstro!

— Oh! — disse ela —, é isso que direi; quem mais poderia ter cortado a cabeça do monstro senão você mesmo?!

Chegaram à casa do rei, e a cabeça estava sobre o ombro do general. Todos comemoraram, porque a filha do rei voltara para casa viva e inteira, com aquele grande capitão com a cabeça do monstro, e a mão cheia de sangue. Na manhã seguinte, eles foram embora, e ninguém duvidava de que aquele herói salvara a vida da filha do rei.

Chegaram ao mesmo lugar do dia anterior, e depois de pouco tempo o terrível monstro surgiu no meio do lago. O herói fugiu, exatamente como fizera antes. O homem do cavalo negro apareceu usando uma outra indumentária, mas não importa, a jovem sabia que era o mesmo rapaz.

— Estou feliz em vê-lo — disse ela. — Espero que você use sua grande espada hoje, assim como o fez ontem. Venha e tome fôlego.

Não se passou muito tempo, e viram o monstro se debatendo no meio do lago. Imediatamente ele foi ao encontro dele, que começou a fazer um enorme estardalhaço, espirrando água para todos os lados, rugindo terrivelmente. A luta prosseguiu por algum tempo, e ao cair da noite ele conseguiu cortar mais uma cabeça do monstro. Amarrou o cordão nela e a deu à jovem. Esta, por sua vez, lhe deu um de seus brincos, ele saltou sobre o cavalo negro e voltou ao pastoreio, enquanto a filha do rei voltava para casa com as cabeças. O general foi ao seu encontro e tomou-lhe a outra cabeça, disse-lhe que contasse a todos que fora ele também quem cortara a segunda cabeça do monstro.

— Quem mais poderia ter cortado a cabeça do monstro senão você? — disse ela.

Então chegaram à casa do rei com as cabeças, e todos ficaram alegres e felizes.

No dia seguinte, os dois saíram, na mesma hora do dia anterior. O oficial escondeu-se, como fizera das outras vezes. A filha do rei dirigiu-se às margens do lago. O herói do cavalo negro chegou, e se nos dias anteriores o monstro rugiu e se debateu de tanta raiva, naquele dia estava mais furioso ainda. Mas não importava, o jovem pastor cortou a terceira cabeça e amarrou-a com o cordão, dando-a à jovem. Esta lhe deu seu outro brinco, e foi para casa com a terceira cabeça. Quando ela e o general chegaram à casa do rei, todos ficaram felizes e sorrindo muito, e o casamento foi marcado para o dia seguinte.

No dia da festa, tudo transcorria normalmente, todos em volta do castelo aguardavam a chegada do padre. Mas quando ele chegou, a jovem disse que só se casaria com aquele que conseguisse desatar os nós dos cordões das cabeças sem cortá-los.

— Quem mais conseguiria desatar os nós dos cordões que prendem as cabeças a não ser o homem que os fez? — disse o rei.

O general tentou, mas não conseguiu soltar as cabeças, até que finalmente não havia mais ninguém na casa que não tivesse tentado desfazer os nós, mas ninguém conseguira. O rei perguntou se havia mais alguém na casa que gostaria de tentar desatar as cabeças dos cordões. Todos disseram que o pastor ainda não havia tentado. Ele tentou, e não demorou muito para que as soltasse.

— Espere aí, meu rapaz — disse a filha do rei —, o homem que cortou as cabeças do monstro está com meu anel e meus dois brincos.

O pastor colocou a mão no bolso e jogou as joias sobre a mesa.

— Você é meu homem — disse a jovem.

O rei não ficou muito feliz ao ver que um pastor se casaria com sua filha, mas ordenou que lhe dessem uma roupa melhor. Sua filha, porém, disse que ele possuía uma roupa muito melhor do que qualquer outra do castelo, então o pastor vestiu a indumentária dourada do gigante, e eles se casaram naquele mesmo dia.

Agora estavam casados e tudo ia bem, mas um dia, e era o dia em que a sereia deveria buscar o rapaz — como havia sido anunciado ao seu pai —, o casal passeava tranquilamente às margens do lago, quando a sereia veio e levou o pastor para o fundo da água sem pedir licença nem dizer nada. A filha do rei ficou profundamente triste e deprimida por ter perdido o marido; não tirava mais os olhos do lago. Um dia encontrou um velho vidente, e contou-lhe o que sucedera com o marido. Então ele lhe disse o que deveria fazer para salvá-lo e foi o que ela fez.

Ela pegou a sua harpa e levou-a à beira do lago, sentou-se ali e tocou; a sereia subiu à superfície para ouvir, pois as sereias gostam muito de música, mais do que todas as outras criaturas. Mas quando a mulher viu a sereia, ela parou de tocar. Então a sereia lhe disse:

— Continue, continue a tocar!

Mas a princesa disse:

— Não, não enquanto eu não puder ver meu homem de novo.

Então a sereia puxou a cabeça dele para fora da água. A princesa recomeçou a tocar, e parou quando a sereia o puxou só até a cintura. A princesa continuou tocando mas parou novamente, e dessa vez a sereia colocou o pastor inteiro para fora da água, ele chamou o falcão que veio ajudá-lo, levando-o até a margem. Mas a sereia conseguiu pegar a princesa, sua esposa.

Todos os que estavam na cidade naquela noite ficaram inconsoláveis. O marido ficou profundamente triste e deprimido, caminhava dia e noite para cima e para baixo, ao longo das margens do lago. Então o velho vidente veio ao seu encontro, e lhe disse que não havia nenhum meio de matar a sereia, a não ser pelo modo como iria lhe explicar:

— Na ilha que há no meio do lago, vive a gazela de pés brancos, com as pernas mais esguias e o passo mais veloz que existe. Se ela for caçada, surgirá em seu lugar um corvo. Se este for caçado, surgirá em seu lugar uma truta com um ovo na boca. A alma da sereia está nesse ovo, se ele se quebrar, a sereia morre.

Mas não havia como chegar à ilha, pois a sereia afundava todos os barcos e balsas que navegavam no lago. O rapaz pensou em saltar até lá com o cavalo negro, e foi o que fez. Viu a gazela, e mandou o cão negro pegá-la, mas quando ele ia para um lado da ilha a gazela fugia para o outro.

— Oh! Se aquele cão negro do carneiro morto estivesse aqui!

Mal ele disse essas palavras, o cão agradecido surgiu ao seu lado e foi atrás da gazela. Não demorou muito a trazê-la. Assim que a pegou, surgiu de dentro dela um corvo.

— Ah, se o falcão cinzento de olhar aguçado e asas velozes estivesse aqui!

Mal o rapaz disse essas palavras, viu o falcão aparecer e perseguir o corvo. Não demorou muito a pegá-lo. Então o corvo caiu na margem do lago, e de dentro dele surgiu uma truta.

— Oh! Se você estivesse aqui junto a mim agora, lontra!

Mal ele disse isso, a lontra apareceu ao seu lado e saltou para dentro do lago, voltando rapidamente à praia com a truta que levava um ovo na boca. O jovem pulou e colocou o pé em cima do peixe. Foi então que a sereia apareceu e disse:

— Não quebre o ovo, e você obterá o que quiser.

O rapaz gritou:

— Entregue-me a minha esposa!

Num piscar de olhos, a jovem apareceu ao seu lado. Ele colocou a mão dela entre as suas, pisou com força sobre o ovo e a sereia morreu.

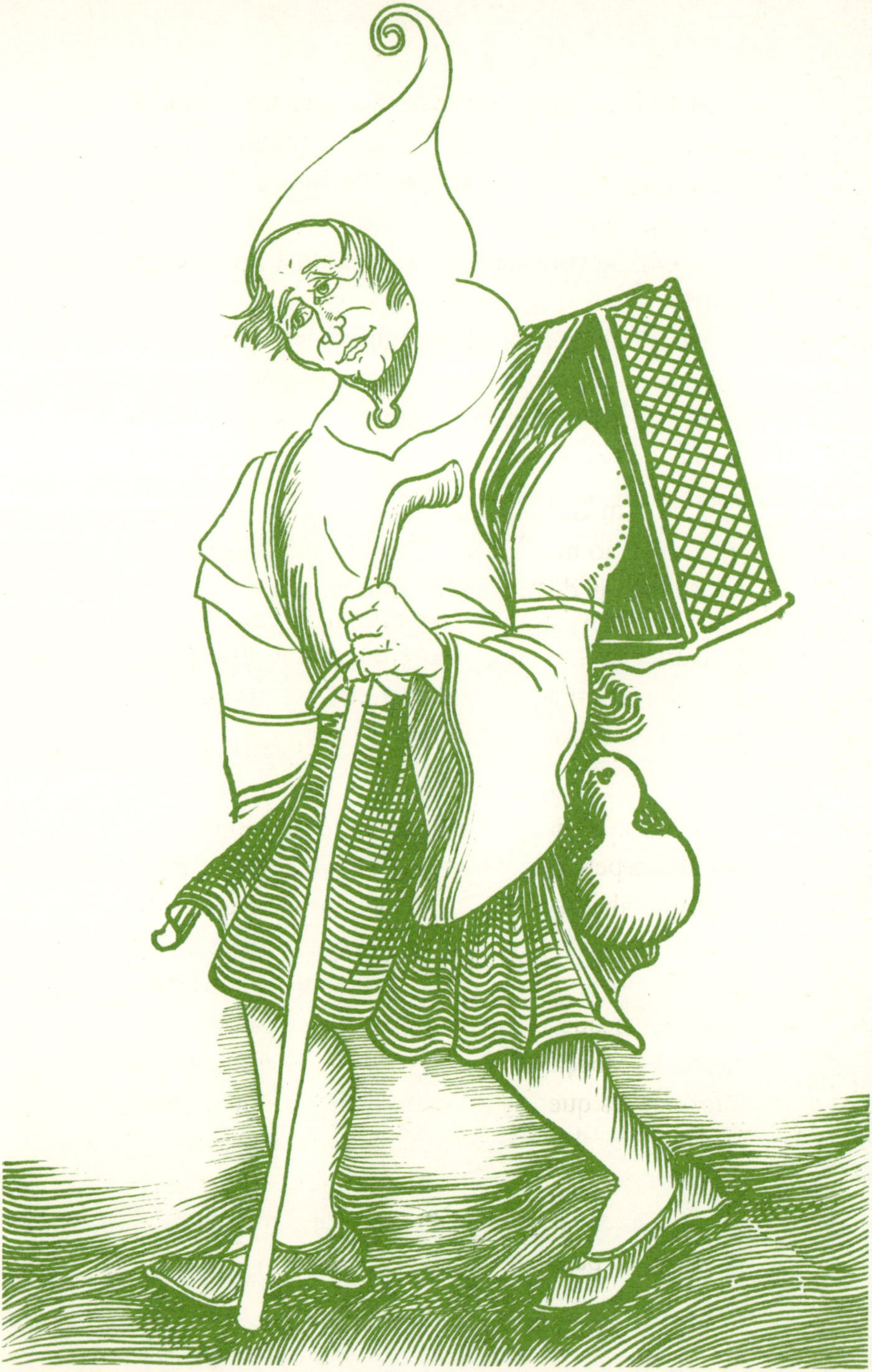

O SHEE AN GANNON E O GRUAGACH GAIRE

O Shee an Gannon nasceu de manhã, recebeu seu nome ao meio-dia, e à noitinha foi pedir a mão da filha do rei de Erin em casamento.

— Eu lhe darei minha filha em casamento — disse o rei de Erin —, mas você não a terá, a menos que vá e me traga as notícias que eu quero, dizendo-me o que foi que fez o Gruagach Gaire parar de rir, ele que antigamente ria sempre, e ria tão alto que todo mundo o escutava. No jardim atrás do meu castelo há doze grandes espetos de ferro. Em onze deles estão espetadas as cabeças dos filhos de reis que vieram pedir a mão de minha filha em casamento, e todos foram atrás da notícia que eu pedi. Nenhum deles conseguiu me dizer o que fez o Gruagach Gaire parar de rir. Cortei as cabeças de todos quando voltaram sem as informações que foram buscar e tenho muito medo de que sua cabeça seja enfiada no décimo segundo espeto, pois farei com você tudo o que fiz com os onze filhos dos reis, a menos que você me conte o que fez o Gruagach parar de rir.

O Shee an Gannon não respondeu, mas despediu-se do rei e foi embora para tentar saber por que o Gruagach estava silencioso.

Passou por uma ravina dando um único passo, por uma colina dando um salto, e viajou o dia todo até à noitinha. Então chegou a uma casa. O dono da casa perguntou-lhe quem era, e ele respondeu:

— Um jovem à procura de serviço.

— Bem — disse o dono da casa —, amanhã eu ia justamente procurar alguém para cuidar de minhas vacas. Se você trabalhar para mim, terá um bom lugar para morar, a melhor comida que um homem poderia ter para comer neste mundo e uma cama macia para descansar.

O Shee an Gannon aceitou o serviço e fez sua refeição. Então o dono da casa disse:

— Eu sou o Gruagach Gaire; agora que você é meu empregado e acabou de jantar, irá dormir numa cama de seda.

Na manhã seguinte, depois do café da manhã, o Gruagach disse a Shee an Gannon:

— Agora vá e solte minhas cinco vacas douradas e meu touro sem chifres e leve-os para o pasto; mas quando estiver com eles lá no campo, tenha cuidado para não os deixar chegar perto das terras do gigante.

O novo vaqueiro guiou o gado até o pasto e, quando se aproximou das terras do gigante, viu que estavam cobertas de bosques e rodeadas por um muro alto. Ele se levantou, apoiou as costas no muro e derrubou um grande pedaço; então entrou, derrubou outro pedaço do muro e colocou as cinco vacas douradas e o touro sem chifres nas terras do gigante.

Então ele subiu numa árvore e comeu todas as maçãs doces que encontrou, jogando as azedas no chão para o gado do Gruagach Gaire comer.

De repente se ouviu um forte estrondo no bosque — o barulho de jovens árvores sendo entortadas e velhas árvores sendo quebradas. O vaqueiro olhou em volta e viu um gigante de cinco cabeças abrindo caminho entre as árvores; e logo ele estava ali, na sua frente.

— Pobre criatura miserável! — disse o gigante. — Você foi muito imprudente em vir às minhas terras e me perturbar desse modo. Você é grande demais para uma única mordida e pequeno demais para duas. Não sei o que fazer, a não ser rasgá-lo em pedaços.

— Seu brutamontes malvado — disse o vaqueiro, descendo da árvore —, não me importo nem um pouco com você — e então os dois se enfrentaram.

O barulho dos dois brigando era tão forte, que não havia nada nem ninguém no mundo que não estivesse olhando e ouvindo o combate.

Eles lutaram até tarde do dia, o gigante já estava vencendo; então o vaqueiro pensou que se o gigante o matasse, seu pai e sua mãe nunca mais o encontrariam ou o veriam novamente e ele nunca conseguiria a mão da filha do rei de Erin em casamento. Ao pensar isso, seu coração foi ficando muito valente, pulou para cima do gigante e com o primeiro golpe colocou-o de joelhos no chão duro, com o segundo golpe ele o deixou de quatro, e com o terceiro deixou-o com os ombros no chão.

— Peguei-o finalmente; você está dominado, por enquanto! — disse o vaqueiro.

Então pegou seu facão, cortou as cinco cabeças do gigante, e depois de tê-las cortado, cortou as línguas e jogou fora as cabeças, atirando-as por cima do muro.

Colocou as línguas no bolso e voltou para casa com o gado. À noite, o Gruagach não conseguia encontrar vasilhas suficientes para guardar todo o leite das cinco vacas douradas.

Mas enquanto o vaqueiro voltava para casa com o gado, o filho do rei de Tisean apareceu, pegou as cabeças do gigante e foi exigir a princesa em casamento, que se realizaria quando o Gruagach Gaire desse a tão esperada risada.

Depois do jantar, o vaqueiro não falou com seu patrão, mas ficou calado num canto, e foi dormir na cama de seda.

De manhã cedo o vaqueiro se levantou antes de seu patrão, e as primeiras palavras que disse ao Gruagach foram:

— O que o impede de rir, você que costumava rir tão alto que o mundo inteiro o escutava?

— Sinto muito — disse o Gruagach — que a filha do rei de Erin o tenha enviado aqui.

— Se não me contar por vontade própria, eu o farei falar — disse o vaqueiro; e fez uma careta tão horrível que era até difícil olhar e, correndo pela casa como um louco, não conseguiu encontrar nada que pudesse ferir o Gruagach, além de algumas cordas feitas de pele de carneiro penduradas na parede.

Ele pegou as cordas, prendeu o Gruagach, e amarrou-o de tal modo que seus artelhos chegavam a estalar nos seus ouvidos. Nessa situação, o Gruagach disse:

— Eu lhe direi o que me fez parar de rir, se você me soltar.

Então o vaqueiro o desamarrou, os dois se sentaram juntos e o Gruagach começou o seu relato:

Eu vivia aqui neste castelo com meus doze filhos. Nós comíamos, bebíamos, jogávamos cartas e nos divertíamos, até que um dia eu e meus filhos estávamos brincando, quando uma esbelta lebre castanha entrou, saltou até a lareira, jogou cinzas na pilha de lenha e fugiu.

No outro dia, ela voltou, mas eu e meus doze filhos estávamos preparados. Tão logo ela jogou as cinzas e fugiu, nós fomos atrás dela e a seguimos até o anoitecer, quando então ela entrou numa ravina. Vimos uma luz à nossa frente. Fui até lá, e cheguei a uma casa que em seu interior tinha um grande salão onde se encontrava um homem chamado Face Amarela com suas doze filhas, e vi a lebre amarrada num canto perto das mulheres.

Havia um grande caldeirão sobre o fogo e uma grande cegonha cozinhando no caldeirão. O homem da casa me disse:

— Há fardos de juncos na extremidade da sala. Vá e sente-se neles com seus homens!

Ele foi até o aposento contíguo e trouxe dois espetos, um de madeira, outro de ferro, e perguntou-me qual deles eu queria. Eu disse que pegaria o espeto de ferro, pois pensei aqui no fundo do meu coração que se alguém me atacasse eu me defenderia melhor com o espeto de ferro do que com o de madeira.

Face Amarela deu-me o espeto de ferro e permitiu-me pegar o que eu pudesse do caldeirão com a ponta do meu espeto, na primeira oportunidade. Só consegui pegar um pedaço pequeno da cegonha, e o dono da casa pegou todo o resto com seu espeto de madeira. Tivemos de jejuar naquela noite, e quando o homem e suas doze filhas comeram a carne da cegonha, jogaram os ossos na minha face e na de meus filhos.

Passamos a noite toda assim, apanhando nos nossos rostos com os ossos da cegonha.

Na manhã seguinte, quando íamos embora, o dono da casa me pediu para ficar mais um pouco e, entrando no outro recinto, trouxe doze aros de ferro e um de madeira. Disse-me então:

— Coloque as cabeças de seus doze filhos nos aros de ferro ou a sua própria no de madeira.

Eu disse:

— Colocarei as cabeças de meus doze filhos nos aros de ferro e manterei a minha própria fora do aro de madeira.

Então ele colocou os aros de ferro nos pescoços de meus doze filhos e o de madeira em seu próprio pescoço. Puxou os aros um após o outro até arrancar as cabeças de meus filhos e então jogou as cabeças e corpos para fora da casa, mas não fez nada para ferir seu próprio pescoço.

Depois de matar meus filhos, ele me pegou, esfolou a pele e a carne de minhas costas, pegou a pele de uma ovelha negra que ficara pendurada na parede durante sete anos e colou-a no meu corpo, sobre as minhas feridas. A pele da ovelha foi crescendo em mim desde então, e a cada ano eu me toso e me sirvo de cada pedacinho de lã que tiro de minhas costas para fazer as meias que uso.

Ao dizer isso, o Gruagach mostrou ao vaqueiro suas costas cobertas de uma lã negra e muito espessa.
Depois do que viu e ouviu, o vaqueiro disse:
— Agora eu sei por que você não ri mais; e não o culpo. Mas aquela lebre continua vindo aqui?
— Sim, de fato, ela vem sim — disse o Gruagach.
Ambos foram até a mesa e jogaram baralho por algum tempo, quando a lebre entrou correndo. Antes que pudessem pegá-la, ela já havia fugido.
Mas o vaqueiro correu atrás dela, e o Gruagach foi logo atrás. Até a noite cair, correram o mais rápido que suas pernas conseguiam. Quando a lebre entrou no castelo em que os doze filhos do Gruagach haviam sido assassinados, o vaqueiro pegou-a pelas pernas traseiras e esmigalhou seu cérebro contra a parede. O crânio da lebre rolou até o salão principal e caiu aos pés do dono do lugar.
— Quem ousou fazer isso com meu lutador de estimação? — gritou Face Amarela.

— Eu — respondeu o vaqueiro —; e se o seu bichinho de estimação tivesse boas maneiras, estaria vivo agora.

O vaqueiro e o Gruagach estavam de pé junto ao fogo. Havia uma cegonha cozinhando no caldeirão, do mesmo modo como na primeira vez em que o Gruagach estivera ali. O dono da casa foi até o aposento contíguo, trouxe um espeto de ferro e um de madeira e pediu ao vaqueiro que escolhesse um dos dois.

— Ficarei com o de madeira — disse o vaqueiro —, e você poderá ficar com o de ferro.

Então ele pegou o de madeira e, dirigindo-se ao caldeirão, pegou a cegonha inteira com o espeto, com exceção de um pedacinho pequeno. Ele e o Gruagach sentaram-se para comer e comeram a carne da cegonha durante toda a noite. O vaqueiro e o Gruagach sentiam-se em casa.

Na manhã seguinte, o dono da casa foi até o aposento contíguo, pegou os doze aros de ferro e o de madeira, trouxe-os consigo e perguntou ao vaqueiro o que ele escolheria, os doze aros de ferro ou o aro de madeira.

O que eu ou meu patrão faríamos com os doze aros de ferro? Pegarei o de madeira.

E ele colocou o aro no pescoço. Em seguida, pegou os doze aros de ferro, colocou-os nos pescoços das doze filhas da casa e puxou-os, arrancando a cabeça de cada uma delas. Virando-se para o dono da casa, disse:

— Farei o mesmo com você, a menos que me traga os doze filhos de meu patrão vivos e que os faça ficar tão fortes e bem de saúde quanto eram antes de você arrancar suas cabeças.

O dono da casa saiu e trouxe os doze rapazes. Quando o Gruagach viu todos os seus filhos vivos e bem de saúde, deu uma enorme risada, que foi ouvida por todo mundo.

Então o vaqueiro disse ao Gruagach:

— Foi péssimo o que você me fez, pois a filha do rei se casará um dia depois que sua risada for ouvida.

— Oh! Então precisamos chegar lá a tempo — disse o Gruagach, e todos eles foram embora do palácio o mais rápido que podiam, o vaqueiro, o Gruagach e seus doze filhos.

Eles foram correndo e, quando chegaram a uma distância de cinco quilômetros do castelo do rei, depararam-se com uma multidão tão grande de gente que ninguém mais conseguia dar um passo adiante.

— Precisamos abrir caminho através dessa confusão — disse o vaqueiro.

— Precisamos sim — respondeu o Gruagach; ao dizer isso, começou a jogar as pessoas para um lado e para o outro da estrada, e logo haviam conseguido abrir uma passagem até o castelo do rei.

Quando entraram, a filha do rei de Erin e o filho do rei de Tisean estavam de joelhos, prestes a se casarem. O vaqueiro estendeu sua mão em direção ao noivo e lhe deu um soco que o deixou girando no ar até parar debaixo de uma mesa, do outro lado do salão.

— Quem foi o patife que deu esse soco? — perguntou o rei de Erin.

— Fui eu — respondeu o vaqueiro.

— Que motivo você tem para bater no homem que ganhou minha filha?

— Fui eu que ganhei sua filha, não ele; e se você não acredita em mim, o Gruagach Gaire está aqui em pessoa para confirmar tudo. Ele lhe contará a história inteira do começo ao fim e lhe mostrará as línguas do gigante.

Então o Gruagach se aproximou e contou ao rei toda a história: como o She an Gannon se tornara seu vaqueiro, como cuidara das cinco vacas douradas e do touro sem chifres, como cortara as cabeças do gigante de cinco cabeças, como matara a lebre feiticeira e como trouxera seus doze filhos de volta à vida.

— Além disso — disse o Gruagach —, ele é o único homem em todo o mundo a quem eu contei por que havia parado de rir e o único que viu meu tosão de lã.

Quando o rei de Erin ouviu o que o Gruagach dissera e viu as línguas do gigante se encaixarem nas cabeças, fez o Shee an Gannon se ajoelhar ao lado de sua filha, e eles se casaram no mesmo instante.

Então o filho do rei de Tisean foi atirado na prisão. No dia seguinte, acenderam uma grande fogueira e o traidor ardeu até virar um monte de cinzas.

A festa do casamento durou nove dias, e o último dia foi melhor do que o primeiro.

O CONTADOR DE HISTÓRIAS

Na época em que os Tuatha De Dannan mantinham a soberania da Irlanda, reinava em Leinster um rei que gostava muito de ouvir histórias. Assim como os outros chefes de clã e príncipes da ilha, ele tinha um contador de histórias predileto, que ganhara uma grande propriedade de Sua Majestade, sob a condição de lhe contar uma história nova todas as noites de sua vida, antes de ir dormir. De fato, ele conhecia muitas histórias, de modo que chegara a uma idade avançada sem falhar uma única noite em sua tarefa. A sua habilidade era tal que, independentemente do estado de ânimo ou outros aborrecimentos que pudessem perturbar a mente do rei, o contador de histórias sempre conseguia fazê-lo dormir.

Certa manhã, o contador de histórias acordou cedo e, como era seu costume, saiu para passear no jardim, revirando em sua mente incidentes que ele poderia usar para contar uma história ao rei à noite. Mas naquela manhã ele falhou; depois de caminhar por todo o trajeto, voltou para casa sem conseguir pensar em nada de novo ou diferente. Não tinha dificuldade em começar: "era uma vez um rei que tinha três filhos...", ou "um dia o rei de toda a Irlanda...", mas não conseguia ir além disso. Entrou para tomar o desjejum e encontrou sua esposa muito preocupada com seu atraso.

— Por que você não veio tomar seu desjejum, meu bem? — disse ela.

— Não tenho vontade de comer nada — respondeu o contador de histórias. — Desde que estou a serviço do rei de Leinster, nunca me sentei para tomar o desjejum sem ter uma história pronta para contar à noite, mas nesta manhã minha mente está fechada, e não sei o que fazer. Tenho vontade de me deitar e morrer. Essa noite serei desgraçado para sempre quando o rei chamar o seu contador de histórias.

Naquele mesmo instante a mulher olhou pela janela.

— Você está vendo aquela coisa negra na extremidade do campo? — disse ela.

— Vejo sim — respondeu o marido.

Foram ver mais de perto e encontraram um velho de aparência miserável deitado no chão, com uma perna de pau ao seu lado.

— Quem é você, meu bom homem? — perguntou o contador de histórias.

— Oh, não importa quem eu seja. Sou uma criatura pobre, velha, aleijada, decrépita, miserável, deitada aqui para descansar um pouco.

— E o que está fazendo com essa caixa e esses dados que vejo em sua mão?

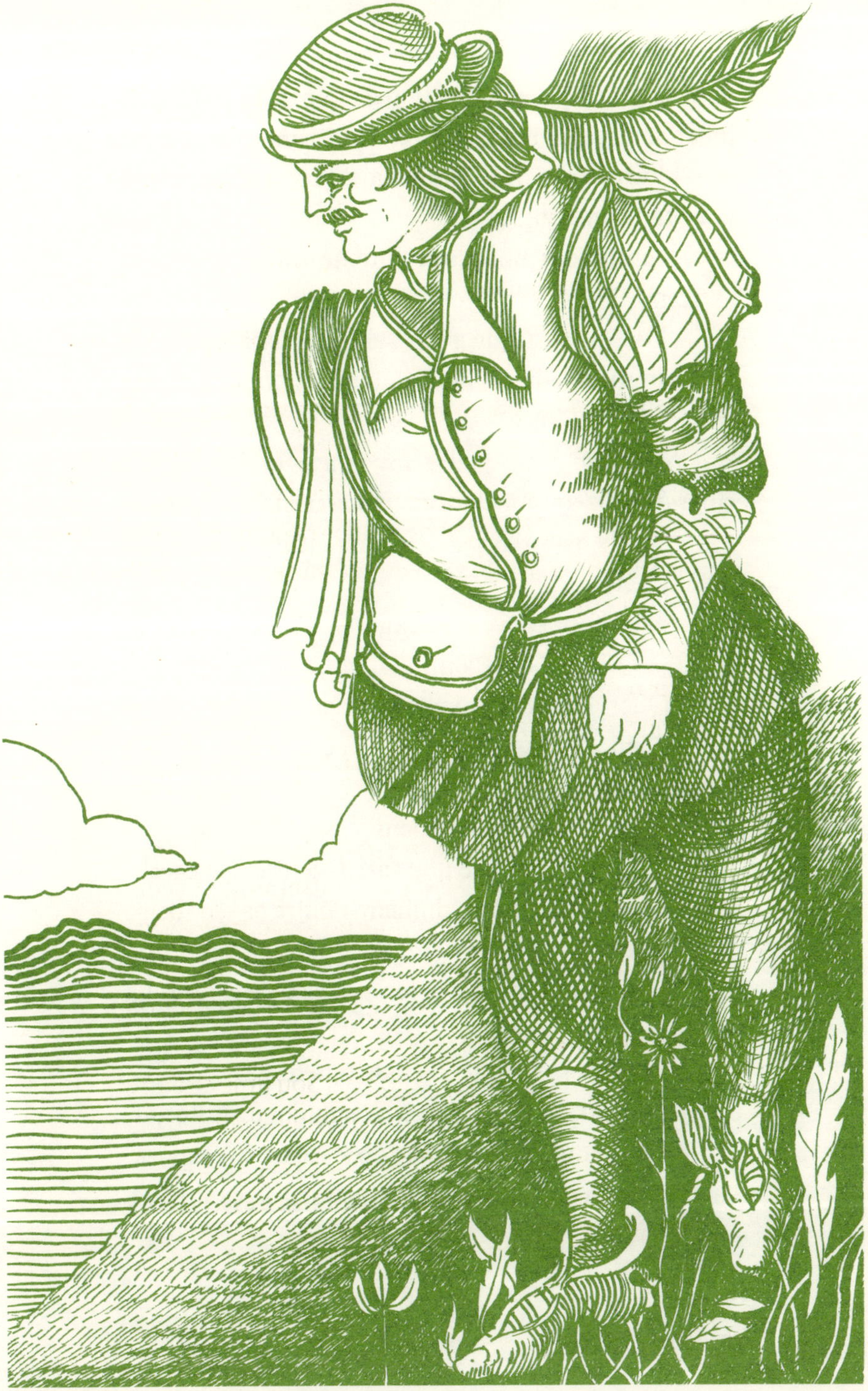

— Estou aqui esperando para ver se alguém quer jogar comigo — respondeu o mendigo.

— Jogar com você! O que um pobre homem como você teria para jogar?

— Tenho cem moedas de ouro nesta bolsa de couro — respondeu ele.

— Você poderia jogar com ele — disse a esposa do contador de histórias. Talvez consiga algo para contar ao rei à noite.

Colocaram uma pedra lisa entre os dois e em cima dela fizeram os lances. Pouco tempo depois, o contador de histórias perdeu até o último centavo de seu dinheiro.

— Faça bom proveito, amigo — disse ele ao mendigo. — Que má sorte a minha, que tolo eu sou!

— Quer jogar novamente? — perguntou o velho.

— Nem diga isso, homem, você está com todo o meu dinheiro.

— Você não tem carruagens, cavalos e cães?

— Bem, tenho sim, e que carruagens e que cães!

— Aposto todo o meu dinheiro contra os seus bens.

— Que bobagem, homem! Você acha que por todo o dinheiro da Irlanda eu correria o risco de ver minha mulher ir para casa a pé?

— Talvez você ganhe — disse o pedinte.

— Talvez não — respondeu o contador de histórias.

— Jogue com ele, meu marido — disse sua esposa.

— Se você perder, não me importarei de caminhar, meu bem.

— Nunca lhe recusei nada antes — disse o contador de histórias —, e não o farei agora.

Então ele se sentou novamente e, em uma única jogada, perdeu casas, cães e carruagem.

— Quer jogar novamente? — perguntou o mendigo.

— Está brincando comigo, homem; o que mais tenho para apostar?

— Aposto tudo o que já ganhei pela sua mulher — disse o velho mendigo.

O contador de histórias se afastou em silêncio, mas sua mulher o segurou.

— Aceite a oferta dele — disse ela. — Esta será a terceira vez. Quem sabe se você não terá sorte agora? Com certeza você ganhará.

— Então eles jogaram novamente, e o contador de histórias perdeu. Logo depois, para sua enorme surpresa e tristeza, sua mulher foi até o velho e feio mendigo e sentou-se ao lado dele.

— É assim que você vai me abandonar? — disse o contador de histórias.

— Certamente, pois ele me ganhou no jogo — disse ela. — Você não enganaria o pobre homem, não é?

— Você tem mais alguma coisa para apostar? — perguntou o velho.

— Sabe muito bem que não — respondeu o contador de histórias.

— Agora vou apostar tudo, a esposa e todo o resto contra você mesmo — disse o velho.

Então jogaram mais uma, e o contador de histórias perdeu novamente.

— Bem! Eis-me aqui. O que você quer de mim?

— Logo farei você saber — disse o velho, tirando do bolso uma corda e uma varinha.

— Então — disse ele ao contador de histórias —, que tipo de animal você gostaria de ser: um veado, uma raposa ou uma lebre? Agora você ainda poderá escolher; mais tarde talvez não possa mais.

Para resumir, o contador de histórias escolheu ser uma lebre. O velho mendigo jogou a corda em volta dele, bateu de leve com a varinha em suas costas e uma lebre ágil e orelhuda surgiu em seu lugar, saltitante, pulando sobre a relva.

Mas logo depois sua esposa chamou os cães e atiçou-os para cima da lebre, que fugiu, mas os cães a seguiram. Ao redor do campo havia um muro alto, por isso, por mais que corresse, a lebre não conseguia escapar. A mulher e o mendigo divertiam-se ao vê-la ir e voltar diversas vezes. Tentava proteger-se junto à mulher, mas em vão, pois ela o chutava de volta na direção dos cães. Após algum tempo, o mendigo ordenou aos cães que parassem e, com um toque da varinha, fez com que o contador de histórias voltasse ao que era. E lá surgiu ele de novo diante deles, ofegante e assustado.

— Você gostou desse esporte? — perguntou o mendigo.

— Pode ser esporte para os outros — respondeu o contador de histórias, olhando para sua esposa —, mas, por mim, eu passaria muito bem sem ele.

— Seria perguntar demais — continuou ele, dirigindo-se ao mendigo —, a fim de saber quem você é afinal, de onde veio ou por que sente tanto prazer em maltratar um pobre homem como eu?

— Oh! — respondeu o estranho. — Sou um tipo excêntrico, um sujeito vadio; um dia sou pobre, no outro sou rico, mas se você quiser saber mais sobre mim ou meus hábitos, venha comigo, e talvez eu lhe mostre mais do que você poderia ver sozinho.

— Não sou meu próprio patrão, a ponto de poder ir e vir, disse o contador de histórias, com um suspiro.

E diante dos olhos de todos, o estranho colocou a mão na carteira e tirou um homem de meia-idade, bem-apessoado, a quem se dirigiu, com as seguintes palavras:

— Por tudo o que você ouviu e viu desde que o coloquei em minha carteira, tome conta desta senhora, da carruagem e dos cavalos e deixe-os prontos para quando eu voltar.

Logo depois de dizer essas palavras, tudo desapareceu, e o contador de histórias se viu de repente no Passo da Raposa, perto do castelo do Ruivo Hugh O'Donnell. Conseguia ver tudo, mas ninguém conseguia vê-lo.

O'Donnell estava em seu salão; o peso do corpo e o cansaço do espírito dominavam-no.

— Saia — disse ele ao porteiro — e veja quem ou o que está chegando.

O porteiro foi, e o que viu foi um mendigo velho e magricela; metade de sua espada pendia desembainhada por trás de suas ancas, seus sapatos estavam encharcados com a água fria e enlameada da estrada, as pontas de suas duas orelhas atravessavam o velho chapéu, seus ombros apareciam nus através da capa rasgada, e em sua mão ele segurava uma varinha verde de azevinho.

— Salve, O'Donnell — disse o mendigo velho e magricela.

— Igualmente — disse O'Donnell. — De onde você vem, e qual é o seu ofício?

Venho do riacho mais remoto da Terra,
Dos lagos onde deslizam os cisnes brancos.
Uma noite em Islay, uma noite em Man,
Uma noite na fria encosta da colina.

— Então você é um grande viajante — disse O'Donnell. — Talvez tenha aprendido alguma coisa na estrada.

— Sou um ilusionista — disse o mendigo velho e magricela —, e por cinco moedas de prata você poderá ver um truque meu.

— Você terá as moedas — disse O'Donnell, e o mendigo velho e magricela pegou três palhinhas e colocou-as na mão.

— A do meio — disse o velho — será soprada por mim; as outras duas eu deixarei aqui na minha mão.

— Não conseguirá fazê-lo — disseram todos. Mas o mendigo velho e magricela colocou um dedo sobre cada uma das palhinhas externas, e puff! Assoprou a do meio.

— É um bom truque! — disse O'Donnell, e pagou-lhe as cinco moedas de prata.

— Pela metade dessa quantia — disse um dos rapazes do chefe de clã O'Donnell — eu consigo fazer o mesmo truque.

— Aceite a palavra dele, O'Donnell.

O rapaz colocou as três palhinhas em sua mão, pôs um dedo sobre cada uma das palhinhas externas e assoprou. Mas acontece que a primeira voou junto com a palhinha do meio.

— Você ficou injuriado, e vai ficar mais injuriado ainda — disse O'Donnell.

— Mais seis moedas, O'Donnell, e eu farei outro truque para você — disse o mendigo velho e magricela.

— Você terá as seis moedas.

— Está vendo minhas duas orelhas? Eu consigo movimentar só uma delas.

— É fácil vê-las, pois são bem grandes; mas você nunca conseguirá movimentar uma só.

— O mendigo velho e magricela pegou na orelha com os dedos e deu um piparote nela.

O'Donnell riu e lhe pagou as seis moedas.

— Você pode até chamar isso de truque — disse o rapaz incrédulo —, mas qualquer um pode fazê-lo — e, dizendo isso, levantou a mão, puxou a orelha e o que aconteceu foi que a cabeça veio junto.

— Você ficou injuriado, e ficará mais ainda — disse O'Donnell.

— Bem, O'Donnell — disse o mendigo velho e magricela —, estranhos são os truques que lhe mostrei, mas eu lhe mostrarei um mais estranho ainda pela mesma quantia em dinheiro.

— Tem minha palavra — disse O'Donnell. — O velho mendigo pegou uma bolsa que levava sob as axilas, tirou dela uma bola de seda, girou a bola no ar e jogou-a obliquamente para cima na direção do claro céu azul, e ela se transformou numa escada em espiral. Então ele pegou uma lebre, colocou-a na espiral, e ela subiu pela escada; ele pegou um cão de orelhas ruivas, que subiu veloz atrás da lebre.

— Agora — disse o mendigo —, alguém teria coragem de correr atrás do cão?

— Eu vou — disse um dos rapazes de O'Donnell.

— Suba, então — disse o ilusionista. — Mas eu o previno: se você deixar que minha lebre seja morta, eu cortarei sua cabeça quando você descer.

O rapaz correu espiral acima e todos os três logo desapareceram. Depois de olhar para cima por algum tempo, o mendigo velho e magricela disse:

— Temo que o cão esteja comendo a lebre e que nosso amigo tenha adormecido.

Dizendo isso, ele começou a girar a espiral e o rapaz desceu, meio adormecido; logo depois desceu o cão de orelhas ruivas, com um último pedacinho de lebre na boca.

Com o gume de sua espada o mendigo arrancou a cabeça do rapaz. Quanto ao cão, se não fez pior, também não fez melhor.

— Isso tudo não me agradou nada; estou até bem aborrecido — disse O'Donnell — por um rapaz e um cão terem morrido em minha corte.

— Cinco moedas de prata por cada um deles — disse o ilusionista —, e suas cabeças voltarão ao mesmo lugar de antes.

— Você terá as moedas — disse O'Donnell.

Cinco moedas e mais cinco foram pagas a ele e — oh! — o rapaz recuperou sua cabeça, e o cão recuperou a dele. E apesar de terem vivido até o final dos tempos, o cão nunca mais atacou uma lebre, e o rapaz tratou de manter os olhos sempre abertos.

Mal o mendigo acabara de fazer tudo isso, desapareceu da vista de todos e nenhum dos presentes podia dizer se ele se esvaíra no ar ou se havia sido engolido pela terra.

Ele se moveu como uma onda sobre outra onda,
Como um redemoinho atrás de outro redemoinho,
Como um furioso vento soprando,
Tão veloz, alinhado, animado,
Muito orgulhoso,
E não parou nem uma vez
Até chegar
À corte do rei de Leinster.
Deu um leve e ágil salto
Por cima da torre
Da corte e da cidade
Do rei de Leinster.

Pesado estava o corpo e cansado o espírito do rei de Leinster. Era a hora em que ele costumava ouvir as histórias. Enviou seus homens a todos os lados, porém não conseguiu obter sequer uma pequena notícia sobre seu contador de histórias.

— Vá até a porta — disse ele ao porteiro — e veja se há alguma alma viva à vista que possa me dizer algo sobre meu contador de histórias.

O porteiro foi, e o que viu foi um mendigo velho e magricela com metade de sua espada desembainhada por trás das ancas, seus velhos sapatos encharcados com a água fria e enlameada da estrada, as pontas das orelhas atravessando o velho chapéu, os ombros aparecendo nus através da capa rasgada, e em sua mão uma harpa de três cordas.

— O que você sabe fazer? — perguntou o porteiro.

— Eu sei tocar — disse o mendigo velho e magricela. — Não tenha medo — sussurrou ele ao contador de histórias, que estava ao seu lado —; você pode ver tudo, mas ninguém pode vê-lo.

Quando o rei soube que havia um tocador de harpa lá fora, convidou-o a entrar.

— Sou eu que tenho os melhores tocadores de harpa dos cinco quintos da Irlanda — disse o rei, e mandou-os tocar. Foi o que fizeram e, enquanto tocavam, o mendigo velho e magricela escutava.

— Já ouviu algo assim? — disse o rei.

— Ó rei, o senhor já ouviu um gato ronronando sobre uma tigela de carne, ou o zumbido dos besouros no crepúsculo, ou uma velha de língua estridente resmungando no seu ouvido?

— Muitas vezes — disse o rei.

— O pior desses sons seria muito mais melodioso para mim — disse o mendigo velho e magricela — do que o mais doce acorde de harpa de seus tocadores.

Quando os tocadores ouviram isso, desembainharam suas espadas e avançaram sobre o mendigo, mas em vez de o atingirem, suas espadas atingiram uns aos outros, e logo não havia um único homem que não estivesse rachando o crânio do vizinho e tendo seu próprio crânio rachado por alguém.

Quando o rei viu isso, pensou consigo mesmo que, não contentes em assassinar a própria música, os tocadores de harpa precisavam também assassinar uns aos outros.

— Enforquem o sujeito que começou tudo isso — disse ele — e, se não posso ouvir uma história, ao menos deixem-me em paz.

Os guardas apareceram, prenderam o mendigo velho e magricela, levaram-no às galés e enforcaram-no. Marcharam de volta ao salão, e quem eles viram ali, senão o próprio mendigo velho e magricela, sentado num banco e bebendo cerveja?

— Você não é bem-vindo aqui — gritou o capitão da guarda do rei. — Afinal não o enforcamos há um minuto atrás? Por que está de volta?

— Está falando comigo mesmo?

— E com quem mais poderia ser? — disse o capitão.

— Que sua mão se transforme num pé de porco se você estiver pensando em amarrar a corda em mim; por que está dizendo que vai me enforcar?

Eles voltaram correndo às galés e viram que haviam enforcado o irmão favorito do rei.

Voltaram correndo até o rei, que estava quase adormecido.

— Por favor, Majestade — disse o capitão —, enforcamos aquele andarilho vagabundo, mas ele está de volta mais saudável do que nunca.

— Enforquem-no de novo — disse o rei, e voltou a dormir.

Foi o que fizeram, mas o que aconteceu foi que encontraram o chefe dos tocadores de harpas pendurado ali onde deveria estar o mendigo velho e magricela.

O capitão da guarda estava zangado e confuso.

— Você quer me enforcar pela terceira vez? — disse o mendigo velho e magricela.

— Vá aonde quiser — disse o capitão — e o mais rápido que puder, contanto que vá para bem longe. Já nos causou muitos problemas.

— Agora você está sendo razoável — disse o mendigo — e, como desistiu de enforcar um estranho só porque ele falou mal de sua música, não me importo de lhe contar que se voltar às galés encontrará seus amigos sentados na relva, sem dar a mínima importância para o que aconteceu.

Ao dizer essas palavras, ele desapareceu. O contador de histórias viu a si mesmo de volta ao lugar onde encontrara o mendigo pela primeira vez, e lá estava sua esposa, com a carruagem e os cavalos.

— Agora — disse o mendigo velho e magricela —, não vou mais atormentá-lo. Eis sua carruagem e seus cavalos, seu dinheiro e sua esposa; faça o que quiser com eles.

— Pela minha carruagem, meus cavalos e meus cães eu lhe agradeço muito — disse o contador de histórias — mas pode ficar com minha mulher e meu dinheiro.

— Não — disse o outro. — Não quero nenhum dos dois. Quanto à sua mulher, não pense mal dela pelo que fez, pois foi sem querer.

— Sem querer! Por acaso foi sem querer que me chutou para dentro das bocas de meus próprios cães? Foi sem querer que me trocou por um mendigo velho?

— Não sou tão mendigo nem tão velho quanto você pensa. Sou Angus de Bruff, e você me deu muito trabalho por causa da história para o rei de Leinster. Nesta manhã meus poderes mágicos me contaram que você estava em dificuldades, e pensei numa maneira de tirá--lo delas. Quanto à sua mulher, o poder que mudou o seu corpo mudou também a mente dela. Esqueça e perdoe o que houve, como marido e mulher devem sempre fazer, e agora você tem sua história para o rei de Leinster quando ele lhe pedir que conte uma — e com essas palavras ele desapareceu.

É verdade que agora o contador de histórias tinha uma boa história para o rei. Contou-lhe tudo, do começo ao fim, e o rei riu tanto e tão alto que nem conseguiu adormecer. E disse ao contador de histórias que nunca se preocupasse em conseguir histórias novas, pois todas as noites, enquanto vivesse, ele ouviria novamente a história do mendigo velho e magricela e daria risada de novo.

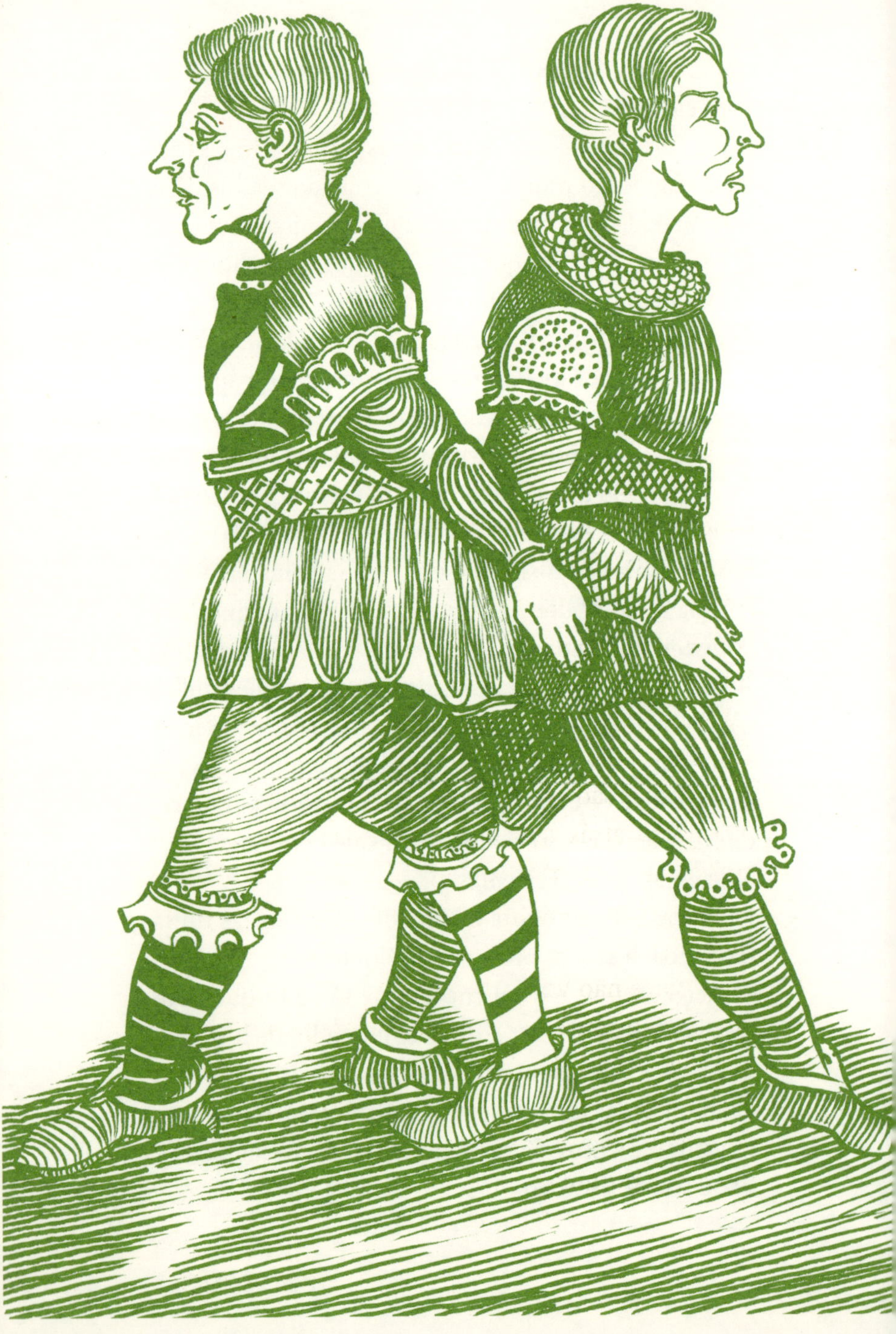

MUNACHAR E MANACHAR

Há muito tempo viviam dois amigos, Munachar e Manachar, e passou-se muito tempo desde então, pois se fossem vivos hoje não seriam vivos naquela época. Eles costumavam sair juntos para colher framboesas, e tantas quantas Munachar colhia, tantas Manachar comia. Munachar então disse que precisava ir procurar uma vara para fazer uma cunha e enforcar Manachar, que comia todas as suas framboesas. Quando achou a vara, ela lhe disse:

— Quais são as notícias de hoje?

— Vou atrás de minhas próprias notícias. Procuro uma vara para fazer uma cunha, uma cunha para enforcar Manachar, que comeu todas as minhas framboesas.

— Você não vai me pegar — disse a vara —, enquanto não conseguir um machado para me cortar.

Então ele foi até o machado.

— Quais são as notícias de hoje? — disse o machado.

— Vou atrás de minhas próprias notícias. Procuro um machado, um machado para cortar uma vara, uma vara para fazer uma cunha, uma cunha para enforcar Manachar, que comeu todas as minhas framboesas.

— Você não vai me pegar — disse o machado — enquanto não buscar uma pedra para me amolar.

Então Munachar foi até a pedra.

— Quais são as notícias de hoje? — disse a pedra.

— Vou atrás de minhas próprias notícias. Procuro uma pedra, uma pedra para amolar um machado, um machado para cortar uma vara, uma vara para fazer uma cunha, uma cunha para enforcar Manachar, que comeu todas as minhas framboesas.

— Você não vai me pegar — disse a pedra —, enquanto não conseguir água para me molhar.

Então ele foi até a água.

— Quais são as notícias de hoje? — disse a água.

— Vou atrás de minhas próprias notícias. Procuro água, água para molhar a pedra, pedra para amolar o machado, machado para cortar a vara, vara para fazer a cunha, cunha para enforcar Manachar, que comeu todas as minhas framboesas.

— Você não vai me pegar — disse a água —, enquanto não conseguir um veado para nadar em mim.

Ele foi então até o veado.

— Quais são as notícias de hoje? — disse o veado.

— Vou atrás de minhas próprias notícias. Procuro um veado, um veado para nadar na água, água para molhar a pedra, pedra para amolar o machado, machado para cortar a vara, vara para fazer a cunha, cunha para enforcar Manachar, que comeu todas as minhas framboesas.

— Você não vai me pegar — disse o veado —, enquanto não conseguir um cão para me caçar.
Então ele foi até o cão.
— Quais as notícias de hoje? — disse o cão.
— Vou atrás de minhas próprias notícias. Procuro um cão, cão para caçar veado, veado para nadar na água, água para molhar a pedra, pedra para amolar o machado, machado para cortar a vara, vara para fazer uma cunha, cunha para enforcar Manachar, que comeu todas as minhas framboesas.
— Você não vai me pegar — disse o cão —, enquanto não conseguir um pouco de manteiga para pôr em minha pata.
Então Munachar foi até a manteiga.
— Quais são as notícias de hoje? — disse a manteiga.
— Vou atrás de minhas próprias notícias. Procuro manteiga, manteiga para pôr na pata do cão, cão para caçar veado, veado para nadar na água, água para molhar a pedra, pedra para amolar o machado, machado para cortar a vara, vara para fazer uma cunha, cunha para enforcar Manachar, que comeu todas as minhas framboesas.
— Você não vai me pegar — disse a manteiga —, enquanto não conseguir um gato que me arranhe.
Então ele foi até o gato.
— Quais são as notícias de hoje? — disse o gato.
— Vou atrás de minhas próprias notícias. Procuro um gato, um gato que arranhe a manteiga, manteiga para passar na pata do cão, cão para caçar veado, veado para nadar na água, água para molhar a pedra,

pedra para amolar o machado, machado para cortar a vara, vara para fazer uma cunha, cunha para enforcar Manachar, que comeu todas as minhas framboesas.

— Você não vai me pegar — disse o gato —, enquanto não conseguir leite para eu beber.

Então ele foi até a vaca.

— Quais são as notícias de hoje? — disse a vaca.

— Vou atrás de minhas próprias notícias. Procuro uma vaca, vaca que me dê leite, leite para dar ao gato, gato que arranhe a manteiga, manteiga para passar na pata do cão, cão para caçar veado, veado para nadar na água, água para molhar a pedra, pedra para amolar o machado, machado para cortar a vara, vara para fazer uma cunha, cunha para enforcar Manachar, que comeu todas as minhas framboesas.

— Você não vai pegar leite de mim — disse a vaca —, enquanto não me trouxer um feixe de palha desses debulhadores aí embaixo.

Ele foi até os debulhadores.

— Quais são as notícias de hoje? — disseram os debulhadores.

— Vou atrás de minhas próprias notícias. Procuro um feixe de palha para dar à vaca, vaca para me dar leite, leite para o gato, gato que arranhe a manteiga, manteiga para a pata do cão, cão para caçar o veado, veado que nade na água, água para molhar a pedra, pedra para amolar o machado, machado para cortar a vara, vara para fazer uma cunha, cunha para enforcar Manachar, que comeu todas as minhas framboesas.

— Você não vai pegar nenhum feixe de palha de nós — disseram os debulhadores —, enquanto não trouxer os ingredientes de um bolo do moleiro lá em cima.

Então ele foi até o moleiro.

— Quais são as notícias de hoje? — disse o moleiro.

— Vou atrás de minhas próprias notícias. Procuro os ingredientes de um bolo para dar aos debulhadores, que me darão um feixe de palha, feixe de palha para dar à vaca, vaca que me dará o leite, leite para o gato, gato que arranhe a manteiga, manteiga para a pata do cão, cão para caçar o veado, veado para nadar na água, água para molhar a pedra, pedra para amolar o machado, machado para cortar a vara, vara para fazer uma cunha, cunha para enforcar Manachar, que comeu todas as minhas framboesas.

— Você não vai pegar os ingredientes do bolo de mim — disse o moleiro —, enquanto não me trouxer esta peneira cheia com a água do rio lá embaixo.

Ele pegou a peneira e foi até o rio, mas por mais que a mergulhasse, quando a tirava fora a água escorria pelos furos, e, é claro, se ele ficasse lá até hoje, nunca conseguiria enchê-la. Então um corvo passou voando por cima de sua cabeça.

— Barro! Barro! — gritou o corvo.

— Que seja abençoado! — disse Munachar. — Até que é um bom conselho! — e pegou um pouco de argila vermelha e barro no barranco do rio e esfregou-os no fundo da peneira até todos os furos ficarem bem vedados. Então a peneira segurou a água, e ele levou a água para o moleiro, que lhe deu os ingredientes do bolo, que ele levou aos debulhadores, e os debulhadores lhe deram o feixe de palha, e ele deu o feixe de palha à vaca, e a vaca lhe deu o leite, o leite que ele deu ao gato, o gato que arranhou a manteiga, a manteiga que foi para a pata do cão, o cão que caçou o veado, o veado que nadou na água, água que molhou a pedra, pedra que amolou o machado, machado que cortou a vara, vara com a qual fez uma cunha, e quando esta ficou pronta, ele descobriu que Manachar tinha explodido.

O CALDO DE CASCAS DE OVO

Em Treneglwys existe uma certa choupana de um pastor, conhecida pelo nome de Twt y Cymrws por causa da estranha briga que aconteceu por lá. Uma vez viveram ali um homem e sua esposa, e eles tiveram filhos gêmeos, de quem a mulher cuidava carinhosamente. Um dia ela foi chamada à casa de uma vizinha, a uma certa distância dali. Não gostou muito da ideia de ir até lá e deixar seus bebês sozinhos numa casa isolada, especialmente depois de ouvir falar dos duendes que assombravam a vizinhança.

Bem, mas ela foi, e voltou o mais depressa que pôde, mas no caminho de volta assustou-se ao ver algumas velhas duendes de saias azuis atravessando seu caminho, apesar de ser ainda meio-dia. Correu para casa, mas encontrou seus dois bebês tranquilos no berço e tudo parecia estar como antes.

Depois de algum tempo, aquela boa gente começou a suspeitar de que algo estava errado, pois os gêmeos não cresciam de jeito nenhum.

O homem disse:

— Não são os nossos.
— Mas então de quem mais seriam? — disse a mulher.

E assim começou aquela grande briga no vilarejo, em razão da qual os vizinhos deram nome ao lugar.

A mulher ficou muito triste e, uma noite, resolveu visitar o Homem Sábio de Llanidloes, que sabia tudo e poderia lhe dizer o que fazer.

Então ela foi a Llanidloes e contou o caso ao Sábio. Aproximava-se a época da colheita de trigo e aveia, e o Sábio disse a ela:

— Quando você estiver levando o almoço para os colhedores de grãos, limpe a casca de um ovo de galinha, cozinhe um caldo dentro dele e depois leve-o à porta, como se fosse a comida dos colhedores. Então fique escutando se os gêmeos dizem alguma coisa. Se ouvi-los falar de coisas que estão além da compreensão das crianças, volte, pegue-os e jogue-os nas águas do lago Elvyn. Mas se não ouvir nada de estranho, não lhes faça mal.

Assim, quando chegou o dia da colheita, a mulher fez tudo o que o Sábio lhe ordenara. Colocou a casca de ovo no fogo, depois a tirou de lá, levou-a até a porta e ficou ali, quieta, escutando. Então ouviu uma das crianças dizer para a outra:

A semente antes do carvalho, eu conheço.
O ovo antes da galinha, também
Mas nunca ouvi falar de um caldo de casca de ovo
Como almoço para os colhedores de grãos.

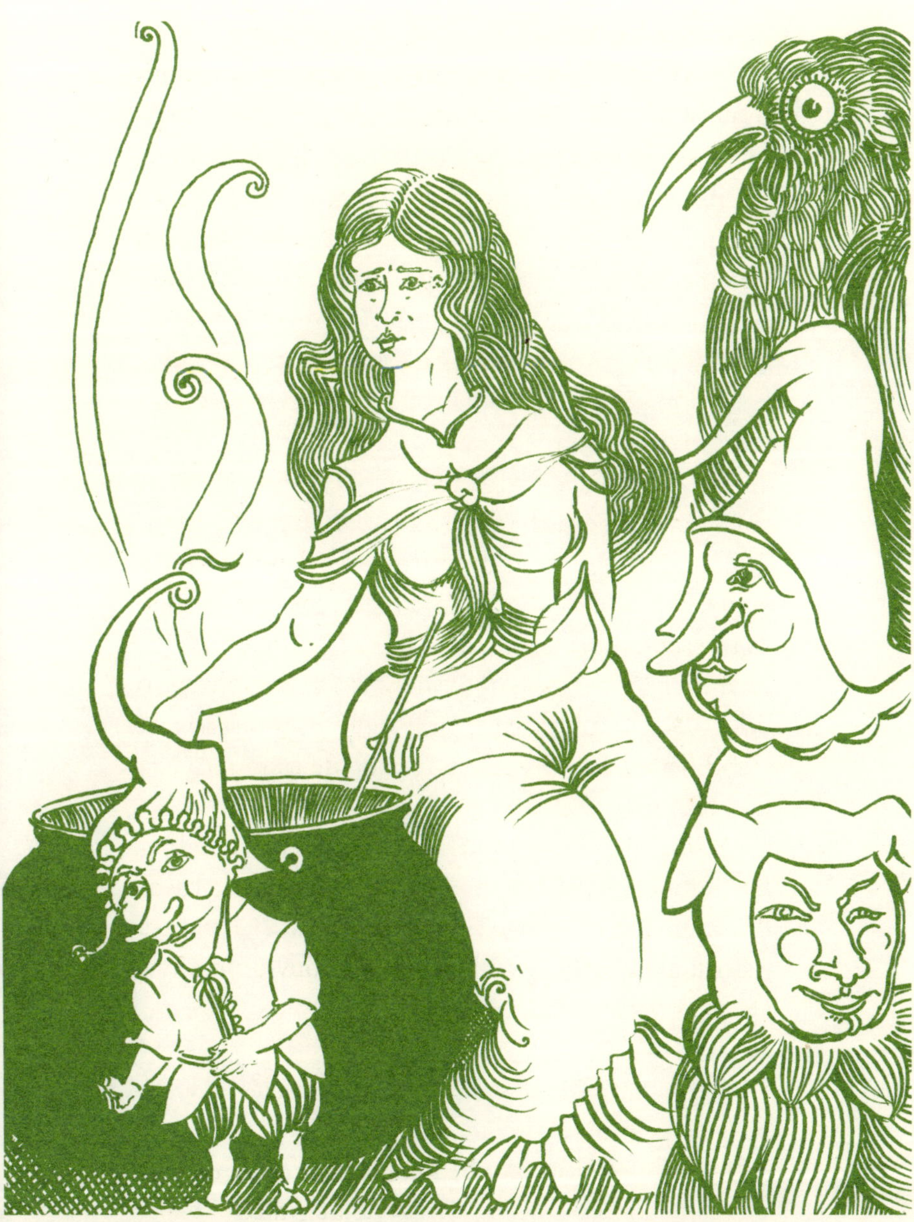

Ela voltou para casa, pegou as crianças e jogou-as no lago Llyn. Os duendes, em suas calças azuis, vieram e salvaram seus anõezinhos, a mãe recuperou seus filhos verdadeiros, e assim a grande briga acabou.

A LENDA DE KNOCKGRAFTON

Havia um pobre homem que vivia nos vales férteis de Aherlow, no sopé das sombrias montanhas Galtee. Ele tinha uma grande corcunda nas costas; parecia alguém que apanhara um fardo e o colocara sobre os ombros. A cabeça era empurrada pesadamente para baixo, de tal modo que o queixo, quando ele estava sentado, descansava sobre os joelhos como se estes fossem um suporte. Os camponeses assustavam-se muito quando o encontravam num lugar deserto, muito embora, pobre criatura, fosse tão inofensivo e inocente quanto um recém-nascido. Sua deformidade era tão grande que ele mal parecia uma criatura humana, e algumas pessoas de mente doentia espalhavam à solta estranhas histórias sobre ele. Diziam que ele tinha um grande conhecimento das ervas e dos feitiços; porém, o que era incontestável é que tinha mãos poderosamente hábeis para fazer chapéus e cestas de juncos e palhas trançados, e esse era o modo como obtinha seu sustento.

Lusmore, apelido dado a ele em razão de estar sempre usando a encantadora flor da dedaleira[1] em seu pequeno chapéu de palha, sempre conseguia por seu trabalho artesanal preços mais altos que os outros, e talvez essa fosse a razão de alguns invejosos fazerem circular estranhas histórias sobre ele. Seja como for, aconteceu que ele voltava uma noite da bela cidade de Cahir, próxima de Cappagh, e, como o pobre caminhava lentamente em razão de sua grande corcunda, já estava muito escuro quando chegou ao fosso de Knockgrafton, que ficava do lado direito da estrada. Estava cansado, e não lhe era nada confortável ver o quanto ainda tinha de andar. Teria de caminhar a noite toda. Sentou-se então ao pé do fosso para descansar e começou a olhar muito pesaroso para a lua.

Uma melodia celestial chegou aos seus ouvidos; pensou que jamais ouvira antes uma melodia tão arrebatadora. Era como o som de muitas vozes combinadas e harmonizadas entre si, tão estranhamente, que pareciam uma só voz, embora cantassem com acentos melodiosos diversificados. Eram estas as palavras da canção:

Da Luan, Da Mort, Da Luan, Da Mort,
Da Luan, Da Mort.

---

[1] Planta ornamental, de propriedades medicinais, que, dependendo da dose, pode ser venenosa. Suas flores são campanuladas e apresentam tons entre o vermelho e o violeta. (N.T.)

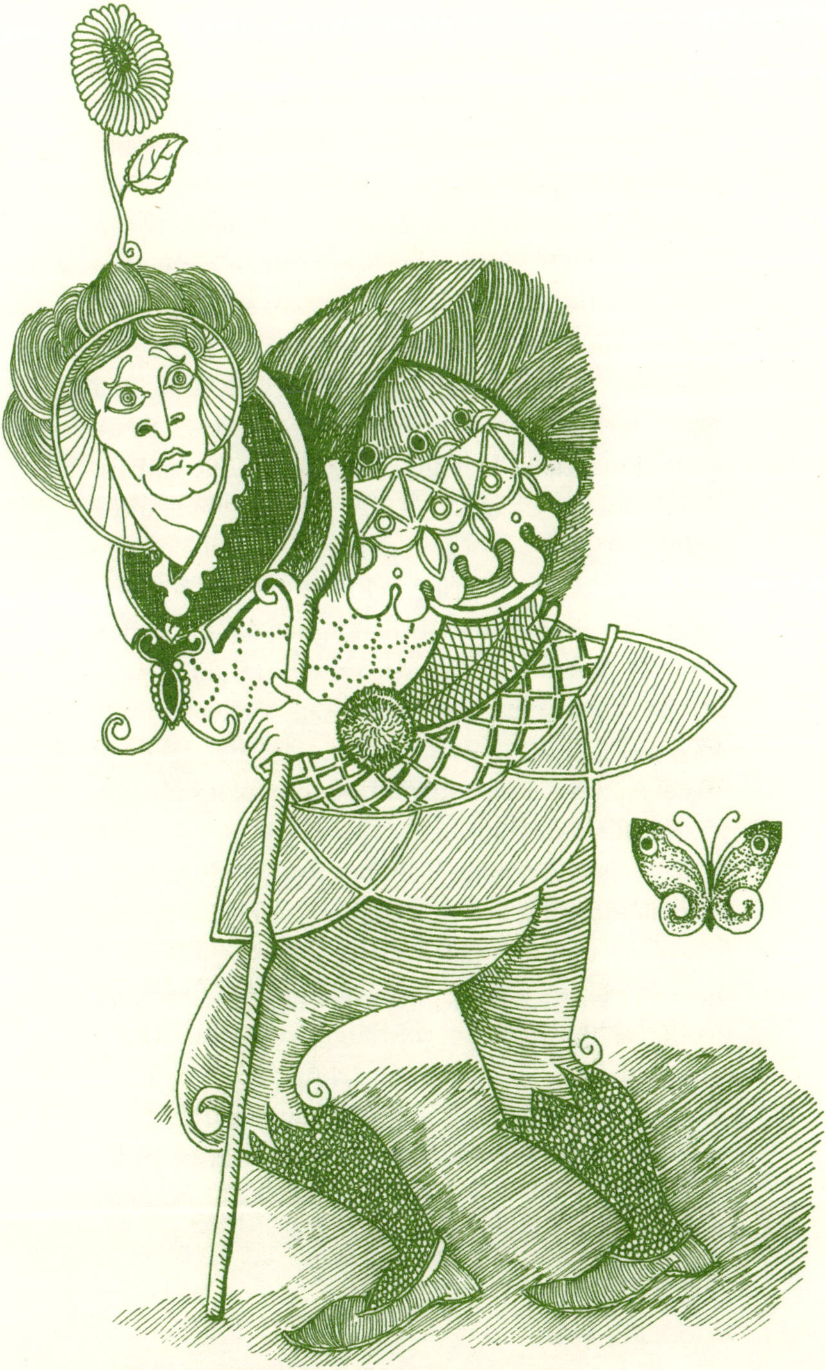

Havia momentos de intervalo e depois o ciclo da melodia recomeçava.

Lusmore ouviu atentamente, prendendo a respiração para não perder nem uma nota. Percebeu claramente que o canto vinha do interior do fosso e, embora de início tivesse ficado tão encantado, começou a ficar cansado de ouvir a mesma canção repetidamente, sem nenhuma variação. Avaliando a pausa quando *Da Luan, Da Mort* fora entoada três vezes, ele assimilou a melodia, acrescentou as palavras *augus Da Cadine* e continuou a cantá-la junto com as vozes que vinham do interior do fosso, *Da Luan, Da Mort*, findando a melodia entre a pausa com *augus Da Cadine*.

Os duendes no interior de Knockgrafton, ao ouvirem palavras adicionais, acharam que a música, que era uma melodia encantada, se tornara ainda mais encantadora e, numa rápida decisão, resolveram trazer o mortal para o seu meio, pois sua musicalidade excedia a deles, e o pequeno Lusmore foi levado por um turbilhão de vento.

Uma visão magnífica irrompeu diante dele quando, rodopiando, girando e girando, desceu ao longo do fosso entre uma luminosidade fraca e uma música das mais doces, que o acompanhava enquanto descia. A maior das honras lhe foi concedida, pois foi considerado o mais destacado entre os músicos. Colocaram servidores à sua disposição e tudo o mais para alegrar seu coração, e recebeu de todos uma calorosa acolhida; em suma, foi tratado como se fosse o primeiro homem da terra.

Lusmore percebeu que uma conferência se iniciava entre os duendes e, apesar de toda a civilidade deles, sentiu-se atemorizado, mas um deles saiu de entre os demais duendes, aproximou-se dele e disse:

Lusmore! Lusmore!
Não duvide, não lastime,
A corcova que te pesava
Em suas costas não está mais.
Olhe para baixo, olhe para o chão,
Veja, Lusmore!

Quando essas palavras foram ditas, o pobre e pequeno Lusmore sentiu-se tão iluminado e feliz que pensou que tivesse saltado a lua com um único pulo, como a vaca na história do gato e do violino; e, com indizível prazer, viu a corcunda vir abaixo. Tratou de levantar a cabeça, e o fez com grande cuidado, temendo batê-la contra o teto do salão; olhou ao redor outra vez, maravilhado e deliciado diante de tudo, pois tudo lhe parecia mais e mais maravilhoso; e, diante de tão magnífica cena, sua cabeça sentiu vertigens e sua visão ficou turva. Por fim, caiu em sono profundo. Quando acordou, viu que já era dia, o sol brilhava esplendorosamente e os pássaros cantavam docemente; que estava deitado bem ao lado do fosso de Knockgrafton, e que vacas e ovelhas pastavam pacificamente ao redor. Após fazer suas preces, a primeira coisa que Lusmore fez foi colocar as mãos nas costas para sentir a corcunda, mas não havia sequer um sinal dela! Olhou-se com grande prazer, pois viu que se tornara um homem bonito e, além disso, estava vestido com roupas inteiramente novas, que, ele concluiu, os duendes tinham feito para ele.

Dirigiu-se a Cappagh com andar leve e marcando cada passo, como se em toda sua vida tivesse sido um mestre de dança. Entre as pessoas que o encontraram, nenhuma o reconheceu sem a corcunda, e ele teve imensa dificuldade para persuadi-las de que era o mesmo homem — na verdade não era, pelo menos na aparência exterior.

Claro está que não demorou muito para a história da corcunda de Lusmore se alastrar. Maravilhas foram ditas por todo o condado, e por muitas milhas ele foi o assunto de todos, de pessoas de destaque e de pessoas humildes.

Uma manhã, Lusmore estava sentado alegremente na soleira de sua porta, quando lhe apareceu uma velha. Viera perguntar-lhe se ele poderia indicar para ela o caminho para Cappagh.

— Não preciso indicá-lo, minha boa senhora — disse Lusmore. — Aqui é Cappagh; quem a senhora deseja encontrar?

— Eu vim — disse a mulher — das terras de Decie, no condado de Waterford, em busca de alguém chamado Lusmore, que, segundo ouvi dizer, teve a sua corcunda tirada pelos duendes. O filho de minha comadre tem uma corcunda que poderá matá-lo; talvez, se ele pudesse servir-se do mesmo encantamento de Lusmore, a corcunda lhe seria tirada. Agora já lhe contei o motivo pelo qual vim de tão longe: é para saber sobre esse encantamento, se puder. Lusmore, que sempre foi de natureza benévola, contou para a mulher todas as particularidades, como tinha chegado até o túnel dos duendes de Knockgrafton, como sua corcunda fora removida das costas e como ele ainda conseguira roupas novas como uma espécie de bonificação.

A mulher agradeceu-lhe muitas vezes, depois foi embora muito feliz e de mente arejada. Quando chegou à casa da comadre no condado de Waterford, contou-lhe tudo o que Lusmore lhe dissera. Colocaram num carro o homenzinho corcunda, que era uma criatura rabugenta e manhosa desde que nascera, e percorreram com ele todo o caminho da região. Foi uma longa viagem, mas não se importaram, pois o faziam para que a corcunda fosse removida. Chegaram bem ao anoitecer e o deixaram junto ao velho fosso de Knockgrafton.

Jack Madden, que era o nome do corcunda, mal se sentara quando ouviu vindo do túnel uma música tão doce como jamais ouvira. Os duendes estavam cantando do modo como Lusmore tinha arranjado a canção para eles, e a música estava em plena execução: *Da Luan, Da Mort, Da Luan, Da Mort, Da Luan, Da Mort, augus Da Cadine*, sem nenhuma pausa. Jack Madden, que tinha pressa de se livrar da corcunda, não esperou que os duendes terminassem a canção nem considerou o momento adequado para elevar o tom à maior altura, como Lusmore fizera. Assim, depois de ter ouvido os duendes entoarem a música mais de sete vezes sem pausa, ele cantou aos berros, sem obedecer o ritmo e a melodia, sem cuidar de interpretar os versos corretamente, *augus Da Cadine, augus Da Hena*, pensando que se um dia era bom, dois seriam melhores, que se Lusmore teve uma nova vestimenta por seus versos, ele poderia obter duas.

Tão logo as palavras deixaram seus lábios, foi ele varrido para dentro do fosso por uma força prodigiosa; os duendes reuniram-se todos ao redor dele, muito zangados, gritando, berrando e bramindo: "Quem está corrompendo nossa música? Quem está corrompendo nossa melodia?". Depois, um deles saltou sobre ele e acima dos outros, e disse:

> *Jack Madden! Jack Madden!*
> *Teus versos soaram demais horríveis*
> *Na melodia que nos encantava*
> *E a esta mansão vieste trazido*
> *Para que te façamos a vida infeliz.*
> *Eis aqui, Jack Madden, duas corcovas para ti.*

E vinte dos mais fortes entre os duendes apanharam a corcunda de Lusmore e a fixaram nas costas de Jack, tão firme como se ali tivesse sido pregada pelo melhor dos carpinteiros; depois o chutaram para fora de seu castelo. Pela manhã, quando a mãe de Jack Madden e a sua comadre vieram buscar o seu homenzinho, o encontraram caído ao pé do fosso, semimorto e com outra corcunda sobre as costas. Elas se entreolharam para ter certeza do que estavam vendo, mas temeram falar alguma coisa, pois receavam que uma corcunda pudesse surgir sobre os ombros delas.

    Levaram o infeliz Jack Madden para casa. Iam tão abatidas e com os semblantes tão pesarosos como somente duas mães podiam estar. Com o peso da outra corcunda e com a longa viagem, Jack Madden morreu logo depois. Deixava, diziam, sua pesada maldição para quem quisesse ir ouvir as melodias encantadas outra vez.

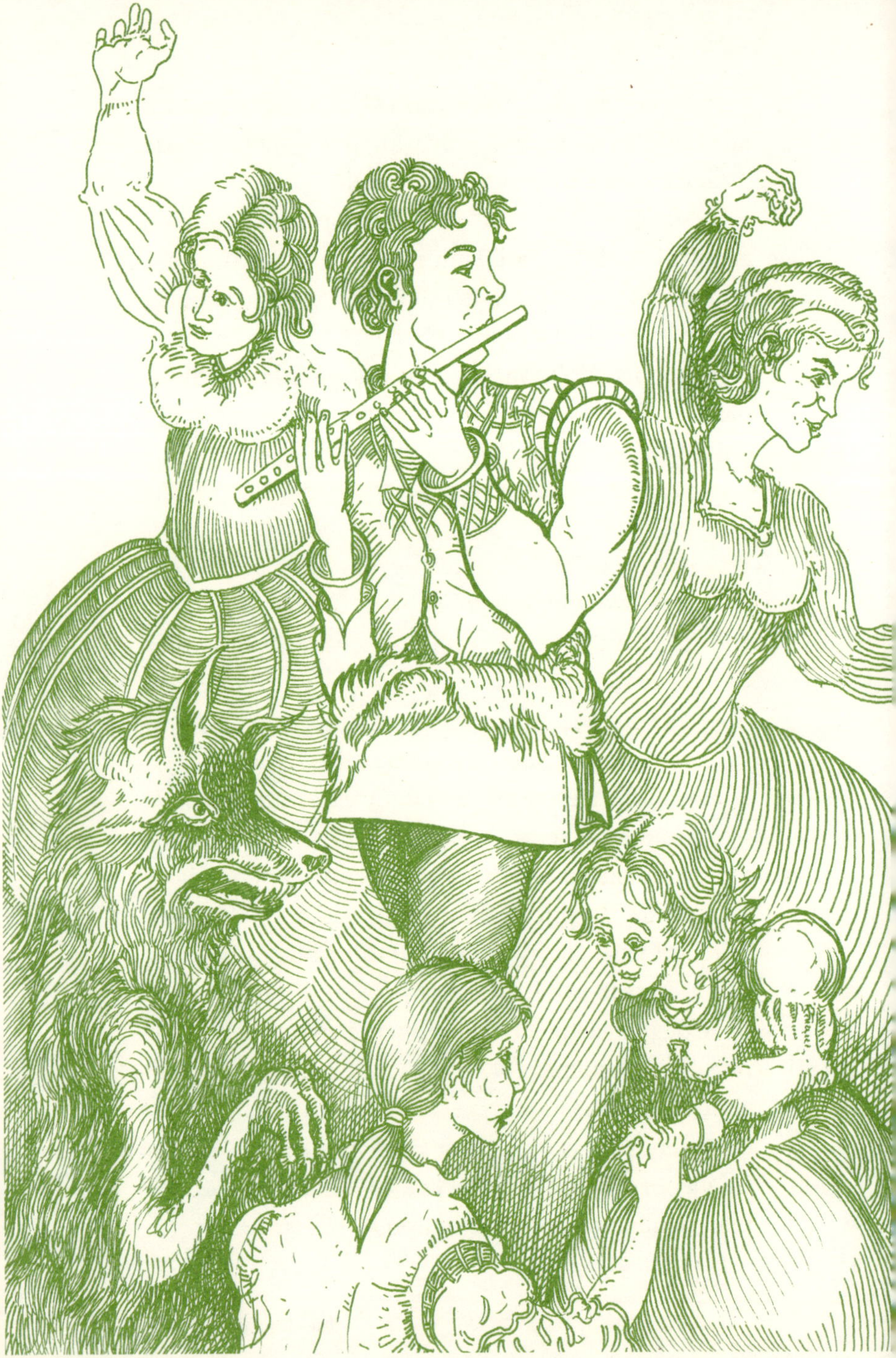

ELIDORE

Nos dias de Henry Beauclerc da Inglaterra, havia um jovem chamado Elidore, que estava sendo educado para ser clérigo. Ele caminhava todos os dias da casa de sua mãe — que era viúva — até a biblioteca dos monges. Lá, ele aprendia a ler e a escrever. Mas Elidore era um pouco indolente e malandro e, logo que aprendia a escrever uma letra, ele esquecia outra. Desse modo, o seu progresso era pequeno. No momento em que os bondosos monges perceberam isso, lembraram do que dizia o Livro Sagrado: "Criança mimada, criança estragada", e sempre que Elidore esquecia uma letra, eles tratavam de fazê-lo lembrar por meio de um castigo. Primeiramente, usaram o castigo rara e brandamente, mas Elidore não era um garoto de se deixar guiar. Quanto mais eles o castigavam, menos ele aprendia. Assim, a punição tornou-se mais e mais frequente e mais e mais severa, até Elidore não poder mais aguentar por muito tempo.

Quando completou doze anos, despachou-se dali e penetrou na grande floresta próxima a St. David. Perambulou por dois longos dias e duas longas noites, comendo apenas frutinhas de roseira brava e de espinheiro. Por fim, chegou à entrada de uma caverna, ao lado de um rio, e ali ele desabou, cansado e exausto. Dois homenzinhos apareceram diante dele subitamente e disseram: "Venha conosco, levaremos você para uma terra cheia de jogos e divertimentos".

Elidore levantou-se e foi com os dois. Atravessaram primeiramente uma passagem subterrânea totalmente escura, mas logo saíram numa terra maravilhosa, com rios e prados, florestas e planícies, tão agradáveis quanto era possível ser. Mas ali havia algo curioso; é que o sol nunca brilhava e as nuvens cobriam permanentemente os céus, de modo que nem o sol era visto durante o dia, nem a lua e as estrelas eram vistas durante a noite.

Os dois homenzinhos levaram Elidore diante de seu rei, que lhe perguntou por que estava ali e de onde tinha vindo. Elidore respondeu, e o rei disse-lhe:

— Tu irás tomar conta de meu filho — e afastou-se.

Então, por um longo tempo, Elidore tomou conta do filho do rei e participou de todos os jogos e divertimentos dos homenzinhos.

Eles eram pequeninos, mas não anões, pois tinham o corpo perfeitamente harmonizado. Seus cabelos eram belos e caíam sobre os ombros, como os das mulheres. Seus cavalos eram do tamanho de cães galgos. Não comiam carne, ave ou peixe; viviam de um leite aromatizado com açafrão. Assim como tinham hábitos curiosos, também cultivavam pensamentos incomuns. Não praguejavam nunca e não diziam mentiras. Zombavam e ridicularizavam o homem por seus conflitos, mentiras e traições. Embora fossem tão virtuosos, não cultuavam nada, a menos que se possa dizer que cultuavam a Verdade.

Algum tempo depois, Elidore começou a sentir saudades dos meninos e dos homens de seu próprio tamanho. Pediu permissão para visitar a mãe, ao que o rei consentiu. Os homenzinhos o levaram até a passagem e o guiaram pela floresta até que chegasse perto da casa da mãe. Quando ali entrou, que alegria a da mãe ao ver seu querido filho novamente!

— Onde você esteve? O que tem feito? — ela quis saber.

Ele contou-lhe tudo o que lhe tinha acontecido. A mãe pediu-lhe então que ficasse, mas ele tinha prometido ao rei que voltaria. E, de fato, logo retornou, mas antes fez que a mãe prometesse não contar a ninguém onde ele estava, nem com quem. Desde então, Elidore passou a viver parte com os homenzinhos, parte com a mãe.

Um dia, quando estava com a mãe, contou-lhe sobre as bolas douradas que usavam nos jogos e ela teve certeza de que eram de ouro. Pediu-lhe então que trouxesse uma da próxima vez que viesse visitá-la. Logo que chegou o dia de ver a mãe novamente, não esperou que os homenzinhos o guiassem de volta, já que agora conhecia o caminho. Apoderou-se de uma das bolas douradas e avançou rapidamente pela passagem. Já estava próximo da casa quando lhe pareceu ouvir passos miúdos atrás de si. Entrou pela porta o mais rápido que conseguiu. Mas escorregou e caiu assim que entrou, e a bola rolou de suas mãos direto para os pés de sua mãe. Naquele momento, dois homenzinhos avançaram, apanharam a bola e saíram, carrancudos e cuspindo no menino ao passarem por ele. Elidore permaneceu algum tempo com a mãe; mas sentia falta dos jogos e das diversões dos homenzinhos e decidiu voltar. Entretanto, não conseguiu achar novamente a passagem subterrânea e, embora procurasse insistentemente nos anos que se seguiram, jamais pôde voltar àquela terra encantada.

Passado um tempo, ele voltou ao mosteiro e tornou-se monge. As pessoas costumavam procurá-lo, perguntavam o que lhe tinha acontecido na Terra dos Homenzinhos. Ele nunca conseguia falar daquele tempo tão feliz sem derramar lágrimas.

Anos mais tarde, quando Elidore era já um homem idoso, David, o Bispo de St. David, veio visitar o mosteiro e perguntou-lhe a respeito das maneiras e dos costumes dos homenzinhos; sobretudo estava curioso para saber o idioma que falavam. Elidore citou algumas palavras desse idioma. Quando pediam água, diziam: *"Udor udorum"*; quando queriam sal, diziam: *"Hapru udorum"*. Desde então, o Bispo, que era um estudioso, descobriu que eles falavam um idioma parecido com o grego. *Udor* é água em grego, e *Hap*, sal.

Daí sabemos que os bretões vieram de Troia e que são descendentes de Brito, filho de Príamo, rei de Troia.

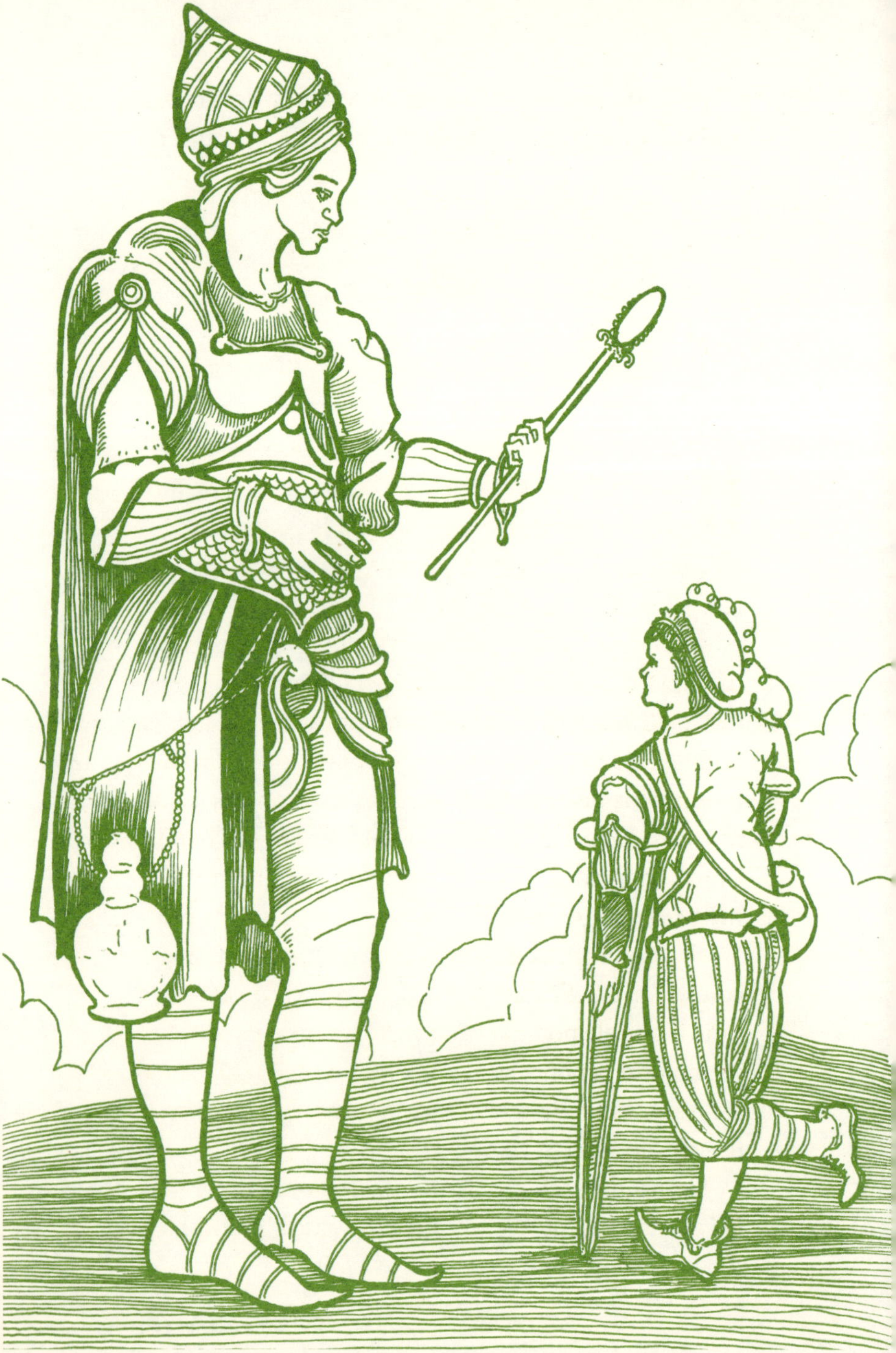

A CURA DA PERNA DE KAYN

Havia quinhentos homens cegos, e quinhentos homens surdos, e quinhentos homens coxos, e quinhentos homens mudos, e quinhentos homens aleijados. Os quinhentos homens surdos tinham quinhentas esposas, e os quinhentos homens coxos tinham quinhentas esposas, e os quinhentos homens mudos tinham quinhentas esposas, e os quinhentos homens aleijados tinham quinhentas esposas. E cada quinhentos deles tinham quinhentas crianças e quinhentos cães. Tinham por hábito andar em bando. Eram chamados de a Irmandade Ambulante dos Mendigos Vigorosos.

Havia um cavaleiro em Erin chamado O'Cronicert, com quem eles ficaram um ano e um dia. Consumiram tudo o que ele possuía e o transformaram em um homem pobre, a ponto de já não possuir mais nada, a não ser uma casa velha e enegrecida caindo aos pedaços e um cavalo branco velho e manco.

Havia um rei em Erin chamado Brian Boru. O'Cronicert foi até ele em busca de ajuda. Cortou um porrete de carvalho na beira da floresta, montou o cavalo branco, velho e manco, avançou pela floresta, por caminhos acidentados e musgosos, até que chegou à casa do rei. Uma vez ali, ajoelhou-se diante dele.

— Quais são suas notícias, O'Cronicert? — perguntou o rei.

— Eu só tenho más notícias para o senhor, meu rei.

— Quais são elas? — perguntou o rei.

— Por um ano e um dia, abriguei a Irmandade Ambulante dos Mendigos Vigorosos. Eles consumiram tudo o que eu possuía e fizeram de mim um homem pobre.

— Bem — disse o rei —, eu me compadeço de você. O que deseja?

— Desejo ajuda — disse O'Cronicert. — Qualquer coisa que o senhor talvez esteja disposto a dar-me.

O rei prometeu-lhe cem vacas. O'Cronicert procurou a rainha, queixou-se diante dela e ela lhe deu mais cem vacas. Ele foi até o filho do rei, Murdoch Mac Brian, conseguiu dele mais cem vacas. Recebeu alimentos e bebidas na corte do rei e, quando foi embora, disse:

— Fico-lhe muito agradecido. Isso me fará recomeçar. Mas, apesar de tudo o que consegui, há mais uma coisa que desejo.

— O que é? — disse o rei.

— Quero para mim o cão de estimação que acompanha sempre a rainha.

— Ah! — disse o rei. — Foi a sua grandeza e o seu orgulho que o fizeram perder todos os seus bens. Mas se você tornar-se um homem bom, terá o que deseja, além de outras coisas mais.

O'Cronicert despediu-se do rei, agarrou o cão de estimação, pulou para cima do cavalo velho e manco e partiu a trote pela floresta e por caminhos acidentados e musgosos. Numa certa altura da floresta, um cervo saltou diante dele e o cão o perseguiu. No mesmo instante, o cervo transformou-se numa linda mulher, a mais linda que olhos já viram desde o começo do universo até o fim da eternidade. Ela lhe disse:

— Afugente seu cão para longe de mim.

— Farei isso se você prometer casar-se comigo — disse O'Cronicert.

— Me casarei se você cumprir três promessas que lhe vou propor.

— E quais são elas?

— A primeira é que você não vai convidar o rei destas terras para uma festa ou para um banquete sem me avisar — disse ela.

— Ora! — disse O'Cronicert. — Você pensa que eu não posso cumprir essa promessa? Eu jamais convidarei meu rei sem informá-la. Será fácil cumprir tal promessa.

— Você está apto para cumpri-la — disse ela. — A segunda promessa é não revelar em meio a nenhum grupo de pessoas ou encontro no qual eu e você estivermos, que você me viu na forma de um cervo.

— Oh, você não precisa me pedir isso. Eu o faria de qualquer maneira.

— Você está apto para cumpri-la! — disse ela. — A terceira promessa é que você não me deixe na companhia de apenas um homem enquanto estiver ausente.

Foi o acordo que fizeram entre si para que ela se casasse com ele.

Chegaram à velha casa preta e em ruínas. Cortaram o capim que pendia das fendas e das bordas das rochas, fizeram uma cama e se deitaram. O'Cronicert despertou entre mugidos de gado, balidos de carneiros e relinchos de éguas, e estava em uma cama de ouro com ornamentos de prata, que ia de uma extremidade a outra da torre do castelo.

— Estou certa de que você está surpreso — disse ela.

— Estou, realmente.

— Você está no seu próprio quarto.

— Em meu quarto! — disse ele. — Eu jamais tive um quarto assim.

— Eu sei muito bem que nunca teve. Mas agora tem. Enquanto me tiver a seu lado, terá também o quarto.

Então ele se levantou, vestiu-se e saiu. Deu uma boa olhada no exterior da casa. Era um palácio, como jamais tinha visto. Nem mesmo o rei possuía igual. Caminhou ao redor. Jamais vira tanto gado, tantas ovelhas e cavalos como ali. Retornou para casa e disse à sua esposa que a propriedade estava sendo destruída pelo gado e pelas ovelhas de outras pessoas.

— Não — disse ela. — Esse é o seu próprio gado e ovelhas.

— Eu jamais possuí tanto gado e tantas ovelhas.

— Eu sei disso — disse ela. — Mas, enquanto me tiver a seu lado, também os terá. Não há uma boa esposa que não possua um dote a acompanhá-la.

Agora ele estava numa boa situação, de verdadeira opulência. Possuía ouro e prata, assim como gado e ovelhas. Saía com sua arma e seus cães para caçar todos os dias e era um grande homem. Ocorreu-lhe certa vez convidar o rei de Erin para um jantar, mas nada disse à esposa. O primeiro juramento foi quebrado. Foi à presença do rei de Erin e o convidou com toda a sua corte para um jantar. O rei de Erin disse-lhe:

— Você pretende levar o gado que lhe prometi?

— Oh, não, rei de Erin — disse O'Cronicert. — Hoje eu poderia lhe dar muitos deles.

— Ah! Como você progrediu desde que o vi pela última vez!

— Por certo. Encontrei uma esposa muito rica, dona de ouro e prata e de gado e ovelhas em abundância.

— Fico contente por isso — disse o rei de Erin.

— Ficarei muito honrado se for jantar comigo, juntamente com sua corte, senhor — disse O'Cronicert.

— Iremos muito gratamente — disse o rei.

E foram naquele mesmo dia. Não ocorreu a O'Cronicert como um jantar podia ser preparado para o rei sem o conhecimento da esposa. Pelo caminho, quando chegaram ao lugar onde O'Cronicert tinha encontrado o cervo, ele percebeu que seu primeiro juramento fora quebrado e disse ao rei:

— Desculpe-me, vou precedê-los para avisar que estão chegando à minha casa.

O rei disse:

— Mandaremos um de nossos jovens.

— Não será preciso. Nenhum jovem servirá ao objetivo tão bem quanto eu mesmo.

Quando chegou, sua esposa preparava o jantar com desvelo. O'Cronicert contou a ela o que fizera e pediu lhe perdão.

— Eu o perdoo desta vez — disse. — Sei que agiu conforme seu modo de ser. A primeira de suas promessas foi quebrada.

O rei e sua grande comitiva chegaram à casa de O'Cronicert. A esposa tinha preparado tudo condignamente, conforme convém a um rei e a pessoas notáveis. Havia toda espécie de bebidas e iguarias. O jantar durou três dias e três noites. Todos estavam muito entusiasmados, e também O'Cronicert, mas não sua esposa. O'Cronicert ficou furioso com isso, fechou o punho e a golpeou na boca, arrancando-lhe dois dentes.

— Por que você não está feliz como os outros pelo jantar, seu cervo desprezível? — disse ele.

— Não estou — disse ela. — Vi os cães de meu pai terem um jantar melhor do que este que você está oferecendo esta noite ao rei de Erin e sua corte.

O'Cronicert sentiu-se tão irado que saiu pela porta. Não estava ali há muito tempo, quando um homem montado em um cavalo preto passou por ele, agarrou-o pelo colarinho e o fez montar na garupa. E lá foram eles. O cavaleiro não disse uma palavra. O cavalo ia tão rápido que O'Cronicert pensou que o vento lhe arrancaria a cabeça. Por fim, chegaram a um imenso palácio e apearam do cavalo. Um cavalariço apareceu e levou o cavalo para o estábulo. Era com vinho que ele lavava as patas do cavalo. E o cavaleiro disse:

— Experimente o vinho para ver se é melhor do que aquele que você está servindo para Brian Boru e sua corte esta noite.

O'Cronicert provou o vinho e disse:

— Este é melhor.

O cavaleiro disse:

— Quão injusto foi seu punho há pouco! Os nós de suas mãos levaram dois dentes meus.

Ele então o levou para a imensa, linda e nobre casa, a uma sala cheia de cavalheiros, que comiam e bebiam. Sentou-se à cabeceira da mesa, deu vinho a O'Cronicert e disse-lhe:

— Tome este vinho para saber se é melhor do que o vinho que está servindo ao rei de Erin e sua corte esta noite.

— Este é melhor — disse O'Cronicert.

— Como foi injusto seu punho há pouco! — disse o cavaleiro do cavalo preto.

Quando tudo terminou, o cavaleiro disse-lhe:

— Você deseja retornar para casa agora?

— Sim, muito — disse O'Cronicert.

Foram então para o estábulo. O cavalo preto foi trazido, montaram e foram embora. Logo que partiram, o cavaleiro disse:

— Você sabe quem sou eu?

— Não sei — disse O'Cronicert.

— Sou seu cunhado — disse. — Embora minha irmã esteja casada com você, não existe rei ou cavaleiro em Erin que seja partido para ela. Duas de suas promessas agora estão quebradas. Se você quebrar a terceira, perderá sua esposa e todas as suas posses.

Logo que chegaram, O'Cronicert disse:

— Tenho vergonha de entrar, pois eles não sabem onde estive desde que a noite chegou.

— Oh! — disse o cavaleiro. — Eles não notaram a sua ausência. Existe tanta alegria entre eles que nem suspeitam que você esteve fora. Aqui estão os dois dentes que você arrancou da boca de sua esposa. Recoloque-os no lugar, e ficarão tão firmes quanto antes.

— Entre comigo — disse O'Cronicert ao cavaleiro.

— Eu não irei. Eu desprezo o seu convite.

O cavaleiro despediu-se e foi embora. O'Cronicert entrou. Sua esposa estava ocupada, servindo os cavalheiros. Pediu-lhe perdão, recolocou-lhe os dois dentes na boca e eles ficaram tão firmes como antes. Ela disse-lhe:

— Duas de suas promessas foram quebradas.

Ninguém notou que ele entrara ou perguntou: "Onde você esteve?". E passaram a noite e todo o dia seguinte comendo e bebendo. Ao anoitecer, o rei disse:

— Acredito que seja tempo de ir embora.

E todos concordaram. O'Cronicert disse:

— Não irão esta noite. Vou dar um baile. Amanhã irão.

— Deixe-os ir — disse sua esposa.

— Não — disse ele.

A dança foi realizada naquela noite. Eles dançaram e se divertiram até ficarem suados. Iam um após o outro para fora, a fim de se refrescarem na frente da casa. Todos saíram, à exceção de O'Cronicert, sua esposa e um homem chamado Kayn Mac Loy.

O'Cronicert saiu e deixou sua esposa e Kayn Mac Loy na casa. Quando ela viu que ele tinha quebrado a terceira promessa, saltou pelo aposento transformada em uma égua, deu um coice em Kayn Mac Loy e quebrou sua coxa em dois pontos. Deu outro salto, quebrou a porta, saiu e nunca mais foi vista. Levou consigo a torre do castelo com uma simples braçada e como se carregasse uma carga leve sobre as costas. Deixou Kayn Mac Loy na casa preta em ruínas, em meio a uma poça formada por uma goteira.

Ao raiar do dia seguinte, o pobre O'Cronicert viu somente a casa velha de antes. Nem gado nem ovelhas, nem vestígio das coisas que tivera. Um despertou ao lado de um arbusto, outro próximo a um dique, outro próximo a um fosso. O rei teve apenas a honra de ter a pequena cabana de O'Cronicert sobre a cabeça. Quando estavam saindo, Murdoch Mac Brian lembrou-se de que deixara para trás o irmão adotivo, Kayn Mac Loy. Disse que não deviam ficar separados e que tinha de voltar para encontrá-lo. Achou Kayn caído no chão, em meio a uma poça d'água e com a perna quebrada. Ele disse que fizesse a terra uma cratera na sola de seu pé e o céu uma cratera em sua cabeça se ele não encontrasse um homem que curasse a perna de Kayn.

Disseram-lhe que na Ilha Innisturk havia uma planta que podia curá-lo.

Kayn Mac Loy foi levado para a ilha e lá ficou provido de alimentos suficientes para um mês. Tinha um par de muletas para ir aonde quisesse. Por fim, a comida acabou, ficou desamparado e não tinha conseguido encontrar a planta. Habituou-se a andar pela praia, juntar mariscos e comê-los.

Estava um dia na praia, quando viu um homem imenso desembarcar na ilha. Podia até ver o céu e a terra por entre as suas pernas. Correu com suas muletas para tentar alcançar a cabana antes que o homenzarrão o apanhasse, mas, apesar de seus esforços, o homem já se tinha interposto entre ele e a porta e disse:

— Você é Kayn Mac Loy, a menos que deseje me iludir.

Kayn respondeu:

— Eu jamais enganei um homem. Sou Kayn.

— Estenda sua perna, Kayn, até que eu passe a pomada de ervas e a cure. A pomada, a atadura de ervas e o cataplasma são refrescantes. A ulceração está enrijecendo. A urgência e a pressa me limitam duramente, pois tenho de ouvir missa na grande igreja de Roma e estar na Noruega antes de dormir.

Kayn Mac Loy disse:

— Que não haja perna para Kayn, ou uma perna qualquer além de outra, ou que eu não seja Kayn, filho de Loy, se esticar minha perna para você passar pomada de ervas e curá-la antes que me diga por que não possui sua própria igreja na Noruega e por que tem de ir tão já à igreja de Roma. A não ser que deseje me enganar, você é Machkan-an-Athar, o filho do rei de Lochlann.

O homenzarrão disse:

— Eu jamais enganei um homem. Sou Machkan--an-Athar. Vou dizer-lhe agora por que não possuímos uma igreja em Lochlann. Sete pedreiros vieram para construir nosso templo. Meu pai e eles negociaram sobre a construção e, no acordo, os pedreiros queriam que minha mãe e minha irmã fossem ver o interior da igreja quando estivesse terminada. Meu pai ficou feliz por ter a igreja construída a um preço tão módico. Concluíram a negociação, e pela manhã os pedreiros vieram ao lugar onde a igreja seria erguida, e meu pai indicou o local para a fundação. Começaram a construir de manhã, e a igreja ficou pronta antes do anoitecer. Depois de concluída, convocaram minha mãe e minha irmã para entrar e ver o seu interior. Mal tinham entrado, as portas se fecharam e a igreja foi embora pelos céus em forma de nevoeiro. Estenda sua perna, Kayn, até que eu passe a pomada de ervas e a cure. A pomada, a atadura de ervas e o cataplasma são refrescantes. A ulceração está enrijecendo. A urgência e a pressa me limitam duramente, pois tenho de ouvir missa na grande igreja de Roma e estar na Noruega antes de dormir.

Kayn Mac Loy respondeu:

— Que não haja perna para Kayn, ou uma perna qualquer além de outra, ou que eu não seja Kayn, filho de Loy, se esticar minha perna para você passar pomada de ervas e curá-la antes que me diga o que aconteceu com sua mãe e sua irmã.

— Ah! — disse o homenzarrão. — O dano é todo seu. A história é longa, mas eu lhe contarei história curta a respeito.

No dia que eles estavam trabalhando na igreja, eu estava fora, caçando nas colinas. Ao entardecer, quando cheguei em casa, meu irmão contou-me o que aconteceu, quer dizer, que minha mãe e minha irmã tinham desaparecido em um nevoeiro. Fiquei tão irritado e furioso que decidi destruir o mundo, caso não encontrasse o lugar onde elas estavam. Meu irmão disse-me que eu era um tolo por pensar dessa maneira.

— Eu vou dizer o que você deve fazer —, respondeu-me. — Primeiramente, tente saber onde estão. Quando isso se der, você insistirá em resgatá-las pacificamente, mas, se não for possível, você lutará por elas.

Eu segui os conselhos de meu irmão e preparei um navio para a empreitada. Segui sozinho e abracei o oceano. Fui colhido por um imenso nevoeiro e transportado para uma ilha onde havia um grande número de navios ancorados. Misturei-me a eles e cheguei à terra firme. Lá eu vi uma grande, imensa mulher colhendo juncos. Quando ela ergueu a cabeça, jogou o seio direito sobre o ombro. Cheguei diante dela, apanhei o seio com a boca e disse:

— Mulher, você mesma é testemunha de que sou filho adotivo de seu seio direito.

— Eu sei disso, grande herói — respondeu a mulher —, mas o conselho que lhe dou é para que saia desta ilha o mais rápido que puder.

— Por quê?

— Existe um gigante na caverna lá em cima — disse ela —, e cada um dos navios que você vê foi retirado do oceano por seu sopro. Ele matou e devorou os tripulantes. Agora, ele está dormindo e, quando acordar, fará o mesmo com você. Uma grande porta de ferro e uma outra de carvalho fecham a caverna. Quando o gigante aspira, as portas se abrem, e quando expira, elas se fecham. São trancadas poderosamente, como se tivessem sete pequenas trancas, sete trancas grandes e sete cadeados. Estão trancadas de tal maneira que sete alavancas não poderiam abri-las.

Eu disse à velha:

— Existe algum meio de destruí-lo?

— Eu lhe direi como fazê-lo. Ele tem uma arma sobre a porta chamada *lança curta*; se você conseguir arrancar a cabeça dele com o primeiro golpe, tudo correrá bem; mas, se falhar, o problema ficará pior que antes.

Parti para a jornada e alcancei a caverna. As duas portas se abriram, e o sopro do gigante me puxou para dentro. Bancos, cadeiras e vasos trepidaram com seu hálito, colidiram uns com os outros e quase quebraram minhas pernas. Logo que entrei, as portas se fecharam e se trancaram poderosamente, como se tivessem sete trancas pequenas, sete trancas grandes e sete cadeados. Trancadas de tal maneira que sete alavancas não poderiam abri-las. Fiquei aprisionado na caverna. O gigante inspirou novamente, e as portas se abriram. Olhei para cima e vi a *lança curta*. Apanhei-a e asseguro-lhe que dei um golpe tão certeiro que não foi necessário repeti-lo. Arranquei a cabeça dele e a trouxe para a mulher que estava colhendo juncos:

— Aqui está a cabeça do gigante, disse-lhe.

— Homem corajoso! Eu sabia que você era um herói. Esta ilha necessitava de sua vinda. A menos que deseje enganar-me, você é Mac Connachar, filho do rei de Lochlann.

— Eu jamais enganei um homem. Sou Mac Connachar.

— Eu sou uma profetisa — disse ela — e sei o motivo de sua viagem. Você veio em demanda de sua mãe e de sua irmã.

— Estou tão longe do caminho... Se pelo menos soubesse onde ir para encontrá-las... — Eu lhe direi onde elas estão — disse ela. — Estão no reino do Escudo Rubro, e o rei do Escudo Rubro está decidido a casar-se com sua mãe, e seu filho, a casar-se com sua irmã. Eu lhe direi onde fica a cidade. Um canal sete vezes sete passos de largura o rodeia. Sobre o canal, existe uma ponte levadiça vigiada durante o dia por duas criaturas que arma nenhuma pode penetrar, pois são totalmente cobertas de escamas, com exceção de dois pontos abaixo do pescoço, onde poderão ser mortalmente feridas. Os nomes dessas criaturas são Roar e Rustle. Quando a noite vem, a ponte é erguida e os monstros dormem. Uma muralha grande e alta circunda o palácio do rei.

— Estenda sua perna, Kayn, até que eu passe a pomada de ervas e a cure. A pomada, a atadura de ervas e o cataplasma são refrescantes. A ulceração está enrijecendo. A urgência e a pressa me limitam duramente, pois tenho de ouvir missa na grande igreja de Roma e estar na Noruega antes de dormir.

Kayn Mac Loy disse:

— Que não haja perna para Kayn, ou uma perna qualquer além de outra, ou que eu não seja Kayn, filho de Loy, se esticar meu pé para você passar pomada de ervas e curá-la antes que me diga se foi à procura de sua mãe e irmã, se retornou para casa e o que mais aconteceu com você.

— Ah, o dano é todo seu. A história é longa para contar. Mas eu lhe contarei uma outra.

Parti para a jornada e alcancei a grande cidade do Escudo Rubro. Era circundada por um canal, exatamente como a mulher me contara, e havia uma grande ponte levadiça sobre ele. Era noite quando cheguei, a ponte estava erguida e os monstros dormiam. Medi dois pés na frente e um pé às minhas costas, saltei, apoiado na ponta dos pés e na ponta de minha lança, e alcancei o local onde os monstros dormiam. Puxei a *lança curta* e lhe asseguro que desferi um golpe tão certeiro que não foi necessário repeti-lo. Arranquei as cabeças e pendurei-as numa das colunas da ponte.

Depois, me dirigi para a muralha que cercava o palácio do rei. Era tão alta que não me seria fácil saltá-la. Cavei um buraco nela com a *lança curta* e entrei. Cheguei à porta do palácio, bati, e o guarda gritou:
— Quem está aí?
— Sou eu — disse-lhe.
Minha mãe e minha irmã reconheceram minha voz:
— Oh! É o meu filho! Deixe-o entrar — disse minha mãe.
Consegui entrar, e elas me receberam com grande alegria. Deram-me comida, bebida e uma boa cama. Pela manhã, o desjejum foi servido, e após a refeição disse à minha mãe e à minha irmã que se preparassem para partir comigo. Então o rei do Escudo Rubro disse:
— Eu não posso permitir. Estou decidido a casar-me com sua mãe, e o meu filho está decidido a casar-se com sua irmã.
— Se o senhor deseja casar-se com minha mãe, e o seu filho deseja casar-se com minha irmã, que me acompanhem até minha casa, e lá poderão casar-se.
— Que assim seja — disse o rei do Escudo Rubro.
Dirigimo-nos para o meu navio, embarcamos e navegamos para minha casa. Passamos por um lugar no qual se travava uma grande batalha. Perguntei ao rei do Escudo Rubro que batalha era aquela e qual a sua causa.
— Você não sabe? — respondeu ele.
— Não, não sei — respondi.
— Aquela é a batalha pela filha do rei do Grande Universo, a mulher mais formosa que existe. Quem

vencer a terá como prêmio pelo seu heroísmo e se casará com ela. Você vê aquele castelo?

— Sim, vejo.

— Ela está no alto dele e ali aguarda o herói que vencerá — disse o rei.

Pedi para desembarcar, pois com minha força e destreza eu poderia ganhá-la. Eles me deixaram na praia, de onde podia vê-la, no alto do castelo. Medi dois pés na minha frente e um pé às minhas costas, saltei, apoiado na ponta dos pés e na ponta de minha lança, e alcancei o alto do castelo. Tomei a filha do Rei do Universo em meus braços e a arremessei de cima do castelo. Estava junto dela e a segurei antes que atingisse o solo. Coloquei-a sobre os ombros, fui o mais rápido que pude para a praia e a entreguei ao rei do Escudo Rubro para levá-la a bordo do navio.

— Não sou eu o melhor guerreiro que já pretendeu ter sua mão? — perguntei a ela.

— Você pode saltar bem, mas ainda não vi nenhuma de suas proezas.

Retornei para enfrentar os guerreiros e os ataquei com a *lança curta*. Não deixei uma cabeça sequer no pescoço de nenhum. Em seguida retornei e gritei ao rei do Escudo Rubro para que se aproximasse da praia, para eu embarcar. Fingindo não me ter ouvido, ele mandou o navio partir a fim de voltar para o castelo com a filha do rei do Grande Universo e casar-se com ela. Medi dois pés na minha frente e um pé às minhas costas, saltei apoiado na ponta dos pés e na ponta de minha lança e fui para bordo do navio. Perguntei então ao rei do Escudo Rubro:

— O que estava pretendendo fazer? Por que não me esperou?

— Oh, eu estava apenas preparando o navio para navegar e armando as velas antes de ir ao seu encontro na praia. Você sabe o que estou pensando?

— Não — disse eu.

— Pois eu lhe direi: retornarei ao castelo com a filha do Rei do Universo, e você, para sua casa, com sua mãe e sua irmã.

— Isso não acontecerá — disse eu. — Eu a ganhei por minha bravura; nem você nem qualquer outro irá levá-la.

O rei tinha um escudo rubro, e nenhuma arma poderia feri-lo enquanto ele o usasse. Ele começava a se amparar com o escudo, quando o feri com a *lança curta* na altura da cintura e o parti em dois; depois, o lancei para fora do navio. Em seguida, golpeei o filho, cortei-lhe a cabeça e o lancei também para fora do navio.

— Estenda sua perna, Kayn, até que eu passe a pomada de ervas e a cure. A pomada, a atadura de ervas e o cataplasma são refrescantes. A ulceração está enrijecendo. A urgência e a pressa me limitam duramente, pois tenho de ouvir missa na grande igreja de Roma e estar na Noruega antes de dormir.

Kayn Mac Loy respondeu:

— Que não haja perna para Kayn, ou uma perna qualquer além de outra, ou que eu não seja Kayn, filho de Loy, se esticar minha perna para você passar

pomada de ervas e curá-la, antes que me diga se empreenderam alguma busca para encontrar a filha do Rei do Universo.
— O dano é todo seu — disse o homenzarrão. — Eu lhe contarei uma outra história breve.

Voltei para casa com minha mãe, com minha irmã e com a filha do Rei do Universo e casei-me com ela. Dei ao primeiro filho que tive o nome de Machkan-na-skaya-jayrika ("o Filho do Escudo Rubro"). Não muito depois disso, uma força hostil veio em nome do rei do Escudo Rubro para exigir reparação, e uma outra força hostil veio do Rei do Universo para exigir reparação pela filha. Tomei minha esposa num ombro e meu filho no outro e fui para bordo de meu navio. Icei as velas, coloquei a bandeira do Rei do Universo num mastro e a bandeira do rei do Escudo Rubro no outro, toquei um clarim, passei entre eles e disse-lhes que eu era o homem e que, se desejavam obrigar-me a cumprir suas exigências, aquele era o momento certo. Todos os navios que lá estavam passaram a perseguir-me. Rumamos pelo oceano afora; meu navio tinha velocidade equivalente a dos outros. Um dia, um denso nevoeiro apareceu e eles se perderam de mim. Aconteceu que fui conduzido para uma ilha chamada Manto Molhado. Construí ali uma cabana, e, de mim, um outro filho nasceu. Eu o chamei de Filho do Manto Molhado.

Fiquei um longo tempo naquela ilha. Lá havia frutas, peixes e aves suficientes. Meus filhos cresceram e ficaram bem grandes. Um dia, quando eu estava fora, caçando aves, vi um grande, imenso homem chegando à ilha. Corri para tentar chegar em casa antes dele. Ele me alcançou, agarrou-me, levou-me debaixo de seus braços, entrou na casa, colocou sobre o ombro a filha do Rei do Universo e, para exasperar-me ao máximo, passou por mim. O olhar mais triste que jamais dei ou jamais daria foi quando vi a filha do Rei do Universo nos ombros de outro, sem que eu pudesse recuperá-la. Os meninos vieram para o meu lado. Pedi-lhes que entrassem em casa e me trouxessem a *lança curta*. Eles a trouxeram, e com ela cavei um buraco ao meu redor até sumir-me nele.

Fiquei um longo tempo em Manto Molhado. Meus dois filhos cresceram e se tornaram moços robustos. Certo dia, perguntaram-me se eu ainda pensava em partir em busca da mãe deles, e eu lhes disse que estava esperando até que crescessem e ficassem fortes para me acompanharem. Ambos disseram que estavam prontos a seguir-me a qualquer tempo. Respondi-lhes que o melhor seria preparar o navio e partir. Eles disseram: "deixe que cada um de nós tenha o seu próprio navio". Concordei, e cada um tomou o seu caminho.

Aconteceu que, um dia, passando próximo à costa, vi uma grande batalha em andamento. Estando sob juramento de jamais passar por uma batalha sem ajudar o lado mais fraco, fui para a praia, defendi os mais fracos e cortei a cabeça dos oponentes com a *lança curta*. Sentindo-me cansado, deitei-me entre os cadáveres e adormeci.

— Estenda sua perna, Kayn, até que eu passe a pomada de ervas e a cure. A pomada, a atadura de ervas e o cataplasma são refrescantes. A ulceração está enrijecendo. A urgência e a pressa me limitam duramente, pois tenho de ouvir missa na grande igreja de Roma e estar na Noruega antes de dormir.

Kayn Mac Loy disse:

— Que não haja perna para Kayn, ou uma perna qualquer além de outra, ou que eu não seja Kayn, filho de Loy, se esticar minha perna para você passar pomada de ervas e curá-la, antes que me diga se encontrou a filha do Rei do Universo, se foi para casa e o que aconteceu com você.

— O dano é todo seu — disse o homenzarrão. — A história é longa, mas lhe contarei uma outra história breve.

Quando acordei, vi um navio chegando ali onde eu descansava. Um gigante de um olho só o arrastava. O oceano não ultrapassava sequer os seus joelhos. Ele carregava uma enorme vara de pescar com uma linha forte na qual se via atado um anzol gigantesco. Arremessava a linha na praia, apanhava um dos cadáveres e o içava, levando-o a bordo. O gigante continuou o seu trabalho até a embarcação ficar repleta de corpos. Fisgou o anzol em minhas roupas, mas eu era tão pesado que o anzol não pôde carregar-me. Teve ele próprio de descer à praia e me levar a bordo nos braços. Fiquei numa condição terrível, como jamais estivera antes. O gigante partiu, levando o navio que ele próprio puxava, e chegou a um rochedo grande e íngreme, onde ele possuía uma imensa caverna. Uma donzela, que bonita igual eu jamais vira, saiu e postou-se na entrada. Ele lhe passava os corpos, e ela os levava para dentro. Enquanto segurava os corpos, ela ia perguntando: "Você está vivo?". Por fim, o gigante me pegou, levou-me para ela e disse:

— Deixe-o de lado; é um corpo grande, e eu o quero para o desjejum do primeiro dia que eu sair de casa.

Foi horrível ouvir aquela sentença a meu respeito. Depois de ter devorado corpos suficientes no jantar e na ceia, o gigante foi dormir. A donzela, logo que ele começou a roncar, veio conversar comigo e disse-me que era filha de um rei que o gigante roubara e que não tinha meios de fugir dele.

— Faz sete anos menos dois dias que estou com ele, e existe uma espada desembainhada entre nós. Ele não se aventura a aproximar-se de mim até que os sete anos terminem.

— Não existe um meio de matá-lo? — perguntei.

— Não será fácil matá-lo, mas nós armaremos um plano — disse ela. — Olhe para aquela barra pontiaguda que ele usa para assar os corpos. Na hora morta da noite, junte os tições de fogo e aqueça a ponta da barra nas chamas até que fique incandescente. Pegue-a e a enfie no olho dele com toda a sua força. Tome cuidado para ele não te agarrar, porque, se o fizer, ele te espremerá e te fará tão miúdo quanto uma mosca.

Fiz como ela disse. Reuni os tições, aqueci a barra no fogo até que ficasse incandescente e a enfiei no olho dele.

Pelo grito que deu, achei que a caverna ia rachar. O gigante pulou e me perseguiu pela caverna. Peguei uma pedra do chão e a joguei no mar. Ela caiu soando com um baque semelhante ao de um corpo caindo na água. A barra ficou enterrada no olho dele o tempo todo. Pensando que fosse eu que tivesse pulado no mar, avançou pela entrada da caverna. A barra bateu contra os umbrais e despedaçou-lhe o cérebro. O gigante então desabou, morto e gelado. Eu e a donzela passamos sete anos e sete dias cortando-o em pedaços para jogá-lo no mar.

Casei-me com a donzela, e nasceu-nos um menino. Depois de sete anos, parti novamente. Entreguei-lhe um anel de ouro com o meu nome gravado para que o destinasse ao menino. Quando ele alcançasse idade suficiente, partiria em minha procura.

Fui ao local onde eu tinha lutado na batalha e encontrei a *lança curta* onde a deixara. Fiquei feliz por isso e por meu navio estar a salvo. Naveguei um dia de distância daquele ponto, ingressei numa linda baía, ancorei o navio na praia e ergui uma cabana, onde passei a noite. Quando despertei, no dia seguinte, vi um navio atracando no local onde estava o meu. Logo que tocou a terra, um grande e forte campeão saltou. Se seu navio não era superior ao meu, também não era de forma alguma inferior.

— Que sujeito impertinente você é, por ter a audácia de ancorar seu navio ao lado do meu! — disse-lhe.

— Eu sou Machkan-na-skaya-jayrika — disse o campeão. — Viajo à procura da filha do Rei do Universo para Mac Connachar, filho do rei de Lochlann.

Eu o saudei e dei-lhe as boas-vindas; depois, disse-lhe:

— Eu sou seu pai. Foi bom que veio.

Passamos alegremente a noite na cabana. No dia seguinte, quando acordamos, vimos um outro navio atracando no lugar onde estavam os nossos. Um grande e forte herói desembarcou, e se o seu navio não suplantava os nossos, também não era de forma alguma inferior.

— Que sujeito impertinente você é, por ter a audácia de ancorar seu navio ao lado dos nossos! — disse eu.

— Eu sou Filho de Manto Molhado. Viajo à procura da filha do Rei do Universo para Mac Connachar, filho do rei de Lochlann.

— Eu sou seu pai, e este é seu irmão. Foi bom que veio.

Passamos juntos a noite na cabana, meus dois filhos e eu. No outro dia, quando acordamos, vimos um outro navio ancorando onde estavam os nossos. Um grande e forte campeão desembarcou, e se o seu navio não era maior que os nossos, também não era menor. Fui até ele e disse:

— Que sujeito impertinente você é, por ter a audácia de ancorar seu navio ao lado dos nossos!

— Eu sou o Filho do Segredo. Viajo à procura da filha do Rei do Universo para Mac Connachar, filho do rei de Lochlann.

— Você tem alguma prova disso? — perguntei.

— Tenho. Aqui está o anel que minha mãe me deu a pedido de meu pai.

Apanhei o anel e vi meu nome gravado nele. Não havia nenhuma dúvida. Eu disse-lhe:

— Sou seu pai, e aqui estão seus dois meios-irmãos. Agora estamos mais fortes para ir em demanda da filha do Rei do Universo. Quatro pilares são mais fortes do que três.

Passamos a noite alegres e confortáveis na cabana. Pela manhã, encontramos um profeta, que disse:

— Vocês estão indo em demanda da filha do Rei do Universo. Vou dizer-lhes onde encontrá-la. Ela está com o Filho do Pássaro Negro.

Machkan-na-skaya-jayrika desafiou para o combate cem heróis bem treinados, ou, então, que devolvessem a filha do Rei do Universo. Os cem vieram, lutaram, e ele matou todos. O Filho do Manto Molhado desafiou para o combate outros cem, ou que devolvessem a filha do Rei do Universo. Ele matou os cem com a *lança curta*. O Filho do Segredo desafiou outros cem, ou que devolvessem a filha do Rei do Universo, e também matou todos com a *lança curta*. Depois, fomos para o campo e ouvimos um som de escudo que fez a cidade tremer. O Filho do Pássaro Negro não tinha homens para lutar, por isso teve de vir ele mesmo. Eu e ele lutamos. Puxei a *lança curta* e cortei-lhe a cabeça. Depois entrei no castelo e trouxe de volta a filha do Rei do Universo. E foi o que aconteceu comigo.

— Estenda sua perna, Kayn, até que eu passe a pomada de ervas e a cure. A pomada, a atadura de ervas e o cataplasma são refrescantes. A ulceração está enrijecendo. A urgência e a pressa me limitam duramente, pois tenho de ouvir missa na grande igreja de Roma e estar na Noruega antes de dormir.

Kayn Mac Loy estendeu a perna, e o homenzarrão aplicou a pomada de ervas e a curou. E assim foi. Depois o levou da ilha e o deixou ir para casa e para o rei.

Assim, O'Cronicert ganhou e perdeu uma esposa, e assim aconteceu a cura da perna de Kayn, filho de Loy.

COMO FIN FOI AO REINO DOS GIGANTES

Fin e seus homens estavam no Porto da Colina de Howth, que ficava sobre um monte, contra os ventos e de frente para o sol, de onde podiam ver a todos e ninguém podia vê-los, quando viram uma mancha vindo do oeste. De início, pensaram tratar-se do negrume de um aguaceiro; mas, quando se aproximou, viram que era um barco. As velas só baixaram quando ele atracou no porto. Nele havia três homens: um guia de proa, um piloto de popa e um outro, manobrista de cabos e cordames. Em terra firme, puxaram a embarcação para uma distância sete vezes maior que seu tamanho, até atingir a grama seca e pardacenta, onde os estudantes da cidade não poderiam, por zombaria ou gracejo, pilhar a embarcação.

Depois, subiram a uma colina arborizada e atraente. O primeiro apanhou uma braçada de pedregulhos e cascalho e ordenou que se transformassem em uma casa maravilhosa, que melhor não haveria de ser encontrada na Irlanda. E assim aconteceu. O segundo apanhou uma placa de ardósia e ordenou-lhe que

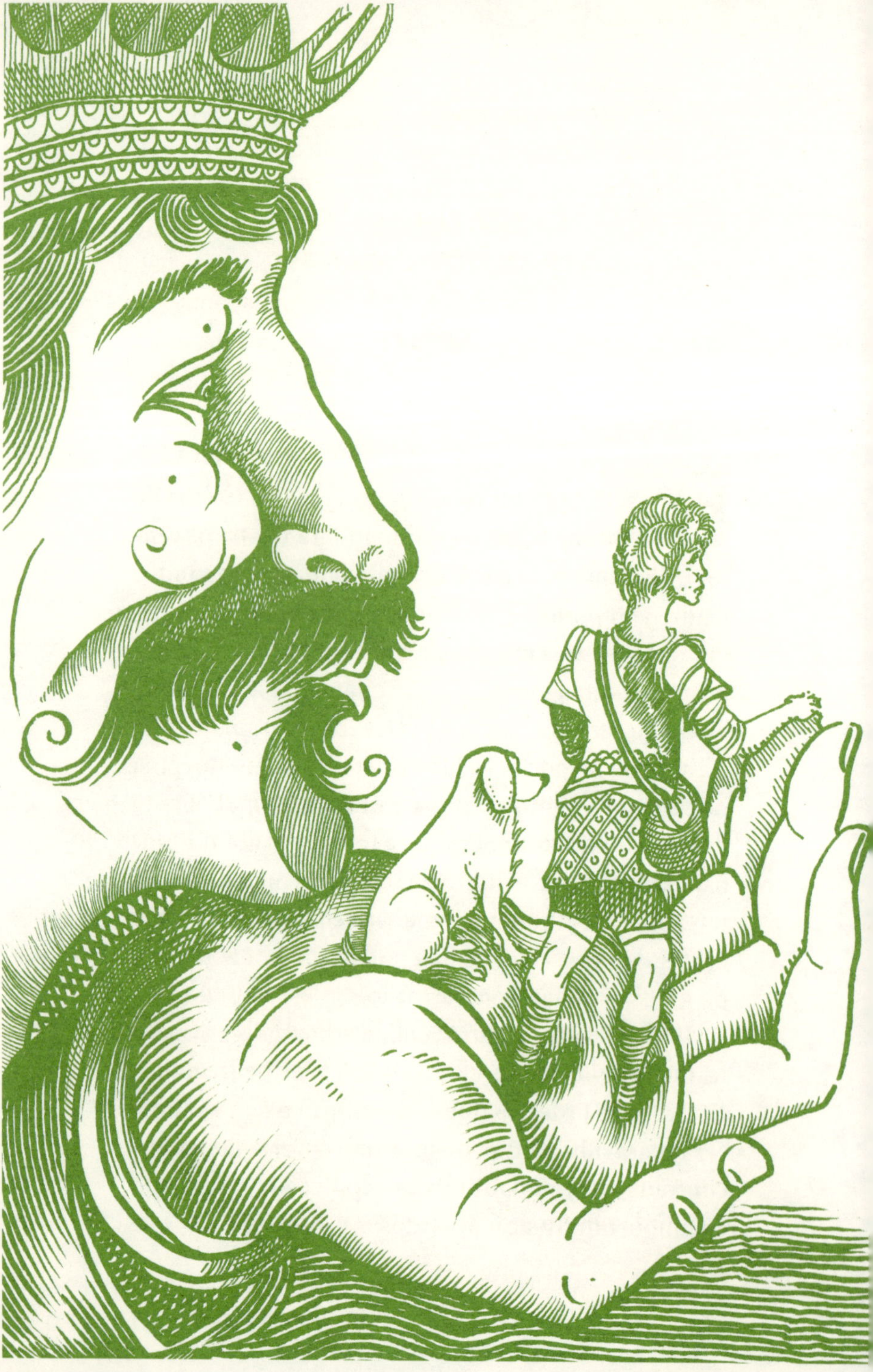

telhasse a casa, de tal modo que não houvesse telhado melhor na Irlanda. E assim aconteceu. O terceiro apanhou um monte de cascas de árvore e cavacos e ordenou-lhes que se transformassem em tábuas de pinheiro e que forrassem a casa, de tal modo que não houvesse forro melhor na Irlanda. E assim aconteceu.

Isso impressionou muito Fin, que foi até onde os homens estavam para indagar-lhes quem eram. Perguntou-lhes de onde vieram e para onde iam.

— Somos os três heróis que o Rei dos Gigantes enviou para propor combate aos Fians — responderam.

Fin perguntou-lhes qual o motivo. Disseram que não sabiam, que tinham ouvido dizer que eram homens fortes, e que tinham vindo para exigir deles um combate de heróis.

"Fin, está em casa?"

"Ele não está"

(Grande é o homem que cuida da própria vida). Fin então os dominou com cruzes e encantamentos para que não pudessem mover-se dali até que ele voltasse e foi embora.

Preparou a embarcação, virou a popa para a terra e a proa para o mar, içou as velas ao longo do mastro rijo em forma de lança e cortou as ondas ao remoinho do vento, em meio à suave e gentil brisa vinda das alturas da costa e da corrente tumultuosa contra as rochas escuras, que parecia querer arrancar os salgueiros dos montes, os ramos das árvores e as urzes pelas raízes. Fin estava no comando da proa, do leme na popa e dos cordames no centro. Não deu repouso para os pés nem para a cabeça antes que alcançasse o Reino dos Gigantes. Chegou à terra firme e puxou sua embarcação até a relva. Subia a encosta, quando um gigante andarilho o encontrou. Fin perguntou-lhe quem era.

— Eu sou o Temerário Ruivo do Rei dos Gigantes — respondeu —; e você é aquele que eu buscava. Minha consideração e respeito por você são grandes. Você é o melhor Poltrinho que já vi. Você será o anão do Rei, e o seu cão (Bran era seu nome), o cachorro de estimação. Faz tempo que o Rei deseja ter um anão e um cão de estimação.

Dizendo isso, o gigante o levou consigo, mas um outro gigante surgiu e arrebatou-lhe Fin. Os dois lutaram até que rasgaram as roupas um do outro, e então deixaram que Fin decidisse a questão. Ele escolheu ir com o primeiro homem, e este o levou ao palácio do rei, cujos homens de valor e nobres de grande estatura se juntaram para ver o homenzinho. O rei o pegou na palma da mão e por três vezes andou pela cidade levando Fin em uma das mãos e Bran na outra. Aos pés da própria cama o rei fez a cama de dormir de ambos.

Fin ficou de sentinela, olhando e observando tudo que se passava na casa. Assim que a noite veio, viu que o rei se levantou, saiu e só retornou pela manhã. Isso o deixou intrigado, e, por fim, perguntou ao Rei por que se levantava todas as noites e deixava a rainha sozinha.

— Por que você está perguntando isso?

— Para satisfazer a mim mesmo — disse Fin —, porque isso me intrigou sobremaneira.

Já o rei simpatizava com Fin; jamais tinha presenciado algo que lhe agradasse tanto quanto esse ato de Fin.

— Existe um monstro enorme — disse — que deseja minha filha e metade de meu reino; e não há no reino ninguém que possa enfrentá-lo, a não ser eu mesmo. Todas as noites tenho de lutar com ele.

— Não existe, além do senhor, nenhum homem para combatê-lo? — perguntou Fin.

— Não há sequer um que lute com ele, nem que seja apenas por uma noite — disse o rei.

— É uma pena — disse Fin — que este reino seja chamado de o Reino dos Gigantes. Esse monstro é maior que o senhor?

— Não se preocupe — disse o rei.

— Eu me preocupo — disse Fin. — Descanse e durma esta noite, que eu vou me encontrar com o monstro.

— Você? — disse o rei. — Você não poderia sustentar meio golpe contra ele.

Logo que a noite veio e todos os homens já tinham se retirado para dormir, o rei começou a preparar-se para sair, como de costume; mas Fin o convenceu a deixá-lo ir.

— Eu posso combatê-lo — disse Fin —, a não ser que seja hábil o bastante para lograr-me.

— Eu hesito em permitir que vá — disse o rei —, visto que ele dá muito trabalho até mesmo para mim.

— Durma profundamente esta noite — disse Fin.

— Deixe-me ir; se ele me atacar muito violentamente, volto para casa na mesma hora.

Quando Fin chegou ao local do combate, não viu ninguém, e começou a andar para lá e para cá. Finalmente, viu o mar avançar como uma fornalha em chamas e feito uma serpente dardejante, até que, enfim, chegou a seus pés. Um imenso monstro ergueu-se e o olhou de cima a baixo:

— Que coisa minúscula é essa que vejo diante de mim? — perguntou.

— Sou eu — disse Fin.

— E o que você está fazendo aqui?

— Eu sou um mensageiro do Rei dos Gigantes. Ele está muito abatido e condoído: a rainha acabou de morrer, e eu vim para perguntar a você se será educado o bastante para ir embora esta noite sem causar problemas ao reino.

— Eu farei isso — disse o monstro, e retirou-se cantarolando. Sua música era como um zumbido áspero e rude.

Fin voltou para casa no tempo oportuno e deitou-se em sua cama aos pés do rei.

— O rei despertou e gritou com grande ansiedade:

— Meu reino está perdido, meu anão e meu cão foram mortos!

— Não, não foram — disse Fin. — Eu ainda estou aqui, e o senhor teve o seu sono, uma coisa rara, segundo me disse.

— Como você escapou, sendo tão pequeno, e ele forte demais para mim mesmo, embora eu seja tão grande?

— Embora ambos sejam tão grandes e fortes, eu sou rápido e vivaz.

Na outra noite, o rei preparava-se para sair, mas Fin disse-lhe para ir dormir novamente aquela noite.

— Eu irei em seu lugar, e então serei um herói melhor do que aquele que está para vir.

— Ele vai matá-lo — disse o rei.

— Vou arriscar — disse Fin.

E lá foi ele e, tal como aconteceu na noite anterior, não viu ninguém, e começou a andar de um lado para o outro. Viu o mar avançar como uma fornalha flamejante e feito uma serpente impetuosa — e o monstro apareceu.

— Você aqui novamente? — disse ele.

— Sim, e esta é minha mensagem: quando a rainha foi colocada no caixão e o rei ouviu as batidas secas dos martelos que o pregavam, ele morreu, confrangido de dor e tristeza. O Parlamento enviou-me para pedir-lhe que fosse esta noite para casa, até que o rei seja enterrado.

O monstro retirou-se outra vez, zumbindo uma canção áspera e rude. Fin voltou para casa quando chegou a hora.

Pela manhã, o rei acordou com grande ansiedade e gritou:

— Meu reino está perdido, meu anão e meu cão estão mortos! — e alegrou-se muito ao ver que Fin e Bran estavam vivos e que tinha podido descansar, após tanto tempo sem dormir.

Pela terceira noite, Fin foi ao encontro do monstro, e tudo aconteceu como antes. Não havia ninguém diante dele, e caminhou de um lado para o outro. Viu então o mar avançar como fornalha flamejante e como uma serpente impetuosa, até chegar a seus pés — e o monstro apareceu. Olhou para a coisa minúscula e perguntou-lhe quem era e o que desejava.

— Eu vim para lutar com você — disse Fin.

Fin e Bran iniciaram o combate. Fin foi andando para trás, e o imenso monstro ia seguindo-o. Fin gritou para Bran:

— Você vai deixar que ele me mate?

Bran possuía um sapato venenoso. Ele deu um salto e bateu no peito do monstro com o sapato venenoso e arrancou-lhe o coração e os pulmões. Fin puxou sua espada Mac-a-Luin, cortou-lhe a cabeça, amarrou-a numa corda de cânhamo e a trouxe para o palácio do rei. Em seguida, levou-a para a cozinha e a deixou atrás da porta. Pela manhã, o criado não podia abrir nem fechar a porta. O rei desceu à cozinha, viu a enorme massa, levantou-a pelos cabelos e viu que era a cabeça da criatura que, por tanto tempo, o tinha obrigado a lutar e a ficar sem dormir.

Como, afinal, esta cabeça veio para cá? — perguntou. — Claro está que não foi meu anão que fez isso.

— Por que ele não poderia? — replicou Fin.

Na outra noite, o rei queria ir ele mesmo ao campo de batalha.

— Porque um monstro maior que o primeiro virá está noite — disse —, o reino será destruído, você será morto e eu perderei o prazer de tê-lo comigo.

Mas Fin é que foi. E o monstro veio, clamando vingança pelo filho e querendo conquistar o reino em um combate igual. Ele e Fin lutaram.

Fin foi andando para trás e falando para Bran:
— Você vai permitir que ele me mate?
Bran choramingou, afastou-se e deitou-se na praia.
Fin, que continuava andando sempre para trás, chamou por Bran novamente. Bran então saltou, golpeou o monstro com o sapato venenoso e arrancou-lhe o coração e os pulmões. Fin cortou-lhe a cabeça, levou-a com ele e a deixou em frente ao palácio. O rei acordou em grande pânico e gritou:
— Meu reino está perdido, meu anão e meu cão estão mortos!
Fin levantou-se e disse:
— Não estão não.
A alegria do rei não foi pouca quando saiu e viu a cabeça que estava em frente ao palácio.
Na noite seguinte, uma imensa bruxa veio do mar para a terra. Ela fez soar seu escudo num desafio:
— Vocês mataram meu marido e meu filho!
— *Eu* os matei — disse Fin.
Lutaram e, para Fin, foi mais difícil proteger-se do dente do que da mão da bruxa gigante. Ela quase já o tinha nas mãos, quando Bran a golpeou com o sapato venenoso e a matou, da mesma maneira que fizera com os outros. Fin levou com ele a cabeça da bruxa e a deixou na frente do palácio. O rei acordou numa grande ansiedade e gritou:
— Meu reino está perdido, meu anão e meu cão estão mortos!
— Não estão não — disse Fin.
Saíram e, quando o rei viu a cabeça cortada, disse:

— Depois disso, eu e meu reino teremos paz para sempre. A mãe da família foi morta. Mas diga-me quem é você. Foi-me profetizado que seria Fin-mac--Coul quem me daria alívio, e ele agora está justamente com dezoito anos. Quem é você e qual é o seu nome?

— Nunca houve alguém, nem sobre couro de vaca nem de cavalo, a quem eu negasse declarar meu nome — disse Fin. — Eu sou Fin, o filho de Coul, filho de Looach, filho de Trein, filho de Fin, filho de Art, filho do jovem Grande Rei de Erin. E já é tempo de voltar para casa. Foi com grande desvio de meu caminho que vim ao seu reino, e a razão por que vim foi para saber que ofensa cometi contra o senhor para que enviasse três heróis para lutar comigo e trazer destruição entre meus homens.

— Você jamais me ofendeu — disse o Rei —, e peço-lhe mil perdões. Eu não enviei os heróis contra você. O que lhe disseram não é verdade. Eles são três homens que estavam cortejando três fadas, e elas lhes deram suas camisas. Quando eles as vestem, cada um fica investido do poder de combater cem homens. Mas eles têm de tirar as camisas todas as noites e deixá-las no espaldar das cadeiras; se as camisas lhes forem tiradas, no dia seguinte estarão tão fracos quanto qualquer um.

Fin recebeu muitas honras e tudo o que o rei lhe pôde dar. Depois, quando foi embora, o rei, a rainha e o povo foram para a praia para dar-lhe suas bênçãos.

Fin então navegava em sua embarcação; estava velejando próximo à costa, quando viu um jovem correndo e chamando por ele. Fin dirigiu-se para perto da terra e perguntou o que ele desejava.

— Eu sou um bom criado procurando um amo — disse o jovem.

— Que trabalho você sabe fazer? — perguntou Fin.

— Eu sou o melhor adivinho que existe.

— Então venha a bordo.

O adivinho saltou para o barco e eles seguiram adiante.

Não tinham ido muito longe, quando um outro jovem veio correndo.

— Eu sou um bom criado em busca de um amo — disse ele.

— Que trabalho você pode fazer? — perguntou Fin.

— Eu sou um ladrão tão bom quanto se pode ser

— Venha para bordo, então

E Fin o levou também. Viram então um terceiro jovem correndo e chamando, e foram para próximo da terra.

— Quem é você? — perguntou Fin.

— Eu sou o melhor escalador que existe. Posso levar cem libras nas costas para lugares onde uma mosca não poderia estar num dia calmo de verão.

— Venha — e esse também subiu a bordo.

— Agora eu tenho a minha equipe — disse Fin. — Pode ser que não, mas esses me serão bastantes.

Prosseguiram, parando apenas quando chegaram ao porto da Colina de Howth, quando Fin perguntou ao adivinho o que os três gigantes estavam fazendo.

— Acabaram de jantar e se preparam para dormir.

Ele perguntou uma segunda vez.

— Acabaram de se deitar, e suas camisas estão estendidas nas cadeiras.

Logo em seguida, Fin indagou novamente:

— O que os gigantes estão fazendo agora?

— Eles estão dormindo profundamente — disse o adivinho. — Seria ótimo se um ladrão fosse até lá agora e lhes roubasse as camisas.

— Eu faria isso — disse o ladrão. — Mas as portas estão trancadas, não posso entrar.

— Suba nas minhas costas — disse o escalador —, e o deixarei lá dentro.

Ele o levou nas costas até o topo da chaminé, fez com que descesse por ela, e o outro roubou as camisas.

Fin se juntou aos seus companheiros, e pela manhã foram para a casa dos gigantes. Fizeram vibrar seus escudos num desafio e os convocaram ao combate. Eles vieram.

— Estivemos durante muitos dias mais bem preparados do que hoje para o combate — e confessaram tudo.

— Vocês são insolentes, mas eu os perdoo — disse Fin, e os fez jurar que, daquele momento em diante, lhe prestariam fidelidade e estariam sempre prontos a toda aventura que ele lhes apresentasse.

O REI O'TOOLE E SUA GANSA

Por Deus! Eu pensei que todo mundo, longe e perto, já ouvira falar do rei O'Toole — bem, bem, mas a ignorância da humanidade é terrível! Bem, senhor, como o senhor deve saber, e não ouviu falar disso antes, houve um rei chamado rei O'Toole, que foi um bom e velho rei dos velhos tempos, há muito tempo, e que era dono das igrejas de antigamente. Veja, o rei era do tipo correto; era um menino real e amava o esporte como amava a vida, em particular as caçadas, e, quando o sol nascia, ele se levantava e ia para as montanhas atrás de algum veado. Eram bons tempos, aqueles.

Bem, tudo corria bem enquanto o rei tinha saúde; mas, veja, com o passar do tempo o rei envelheceu e ficou com os membros rígidos; com os anos, seu coração começou a falhar, e ele não pôde mais se divertir, não pôde mais caçar e — oh, meu pai — o pobre rei foi finalmente obrigado a usar uma gansa para diverti-lo. O senhor pode até rir, se quiser, mas isso que estou lhe contando é a mais pura verdade. O modo como a gansa o divertia era o seguinte: a gansa nadava pelo lago e mergulhava para pegar trutas e outros peixes para o rei às sextas-feiras e, em todos os outros dias, voava sobre o lago, divertindo o pobre rei. Tudo ia bem até que — oh, meu pai — a gansa também envelheceu, como seu dono, e não pôde mais diverti-lo, e o pobre rei ficou muito abatido.

Uma manhã, o rei caminhava na beira do lago, lamentando sua sina cruel e pensando em se afogar, pois não tinha mais diversão na vida, quando, subitamente, viu um jovem muito decente se aproximando pela curva logo adiante.

— Que Deus o salve — disse o rei ao jovem.

— Que Deus o salve gentilmente, rei O'Toole — disse o jovem.

— É verdade — disse o rei —; eu sou o rei O'Toole, príncipe e plenipotenciário desses lados. Mas como você sabe disso? — disse ele.

— Oh, não importa — disse São Kavin.

Veja, era São Kavin, com certeza — o próprio santo disfarçado, ninguém mais.

— Oh, não se importe — continuou ele —, eu sei bem mais do que isso. Posso me atrever a perguntar como está sua gansa, rei O'Toole?

— Como é que você sabe a respeito de minha gansa? — disse o rei.

— Oh, não importa, eu simplesmente entendi tudo — disse São Kavin.

Depois de mais um pouco de conversa, o rei perguntou:

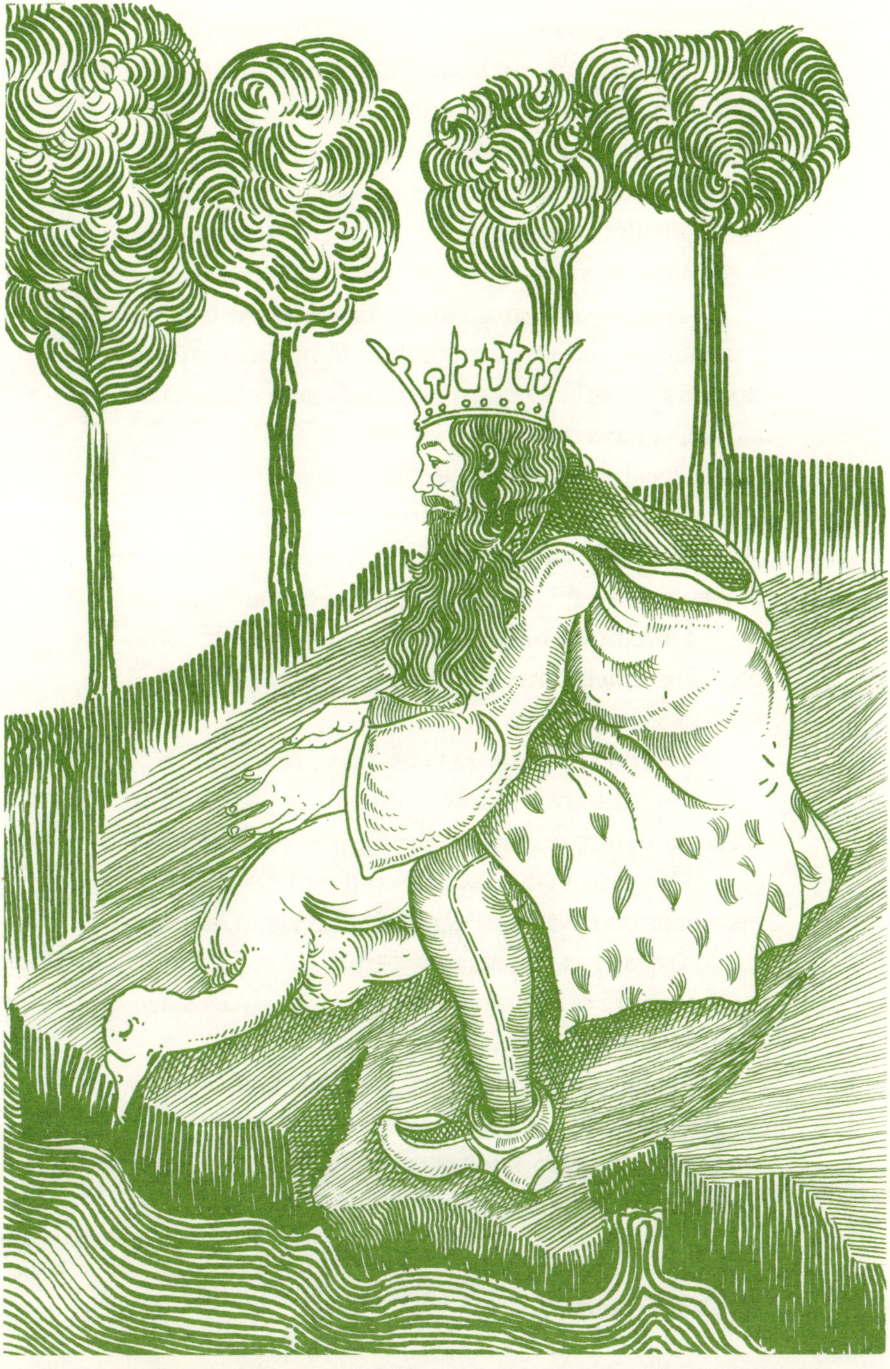

— Quem é você?
— Sou um homem honesto — disse São Kavin.
— Bem, homem honesto — disse o rei —, e como você ganhou seu dinheiro tão facilmente?
— Deixando as coisas velhas tão boas quanto as novas — disse São Kavin.
— Você é um latoeiro? — perguntou o rei.
— Não — disse o santo —, não sou um latoeiro comerciante, rei O'Toole; tenho um negócio melhor do que a latoaria. O que o senhor diria se eu deixasse sua velha gansa como nova?

Meu caro, ao ouvir que ele poderia deixar sua gansa como nova, os olhos do pobre e velho rei quase saltaram das órbitas. O rei assobiou, e a pobre gansa se aproximou rapidamente, como um cão, arrastando-se até o velho aleijado, seu dono, e alquebrada como ele. No momento em que o santo colocou os olhos na gansa, disse:

— Farei o serviço para você, rei O'Toole.
— Pelos Santos! — disse o rei O'Toole. — Se o fizer, direi que é o rapaz mais inteligente das sete paróquias.
— Oh, pelo Pai! — disse São Kavin. — Não precisa dizer isso. Não sou tão bonzinho assim, a ponto de consertar sua velha gansa a troco de nada. O que você me dará se eu fizer o trabalho para você? Este é o papo — disse São Kavin.
— Eu lhe darei o que você pedir — disse o rei. — Não é justo?
— É muito justo — disse o santo. — É assim que se faz negócio. Agora — continuou ele —, esta é a bar-

ganha que farei com você, rei O'Toole: você me dará todas as terras sobre as quais a gansa voar, na primeira oferta, quando eu a deixar como nova?

— Está bem — disse o rei.

— Não vai voltar atrás em sua palavra? — perguntou São Kavin.

— Palavra de honra! — disse o rei O'Toole, estendendo o punho fechado.

— Palavra de honra! — respondeu São Kavin. — É uma barganha. Venha! — disse ele à pobre gansa velha. — Venha aqui, sua velha aleijada e infeliz, e eu a transformarei numa ave forte e esportiva.

Com isso, meu caro, ele pegou a gansa pelas duas asas e murmurou: "Faço o sinal da cruz em você", marcou-a com o sinal da cruz no mesmo instante e, jogando-a para o alto, disse "vá!", dando-lhe um empurrãozinho para ajudá-la. E assim, meu caro, ela saiu voando como uma águia, dando cambalhotas como uma andorinha antes de uma tempestade.

Bem, caro senhor, era uma bela visão ver o rei ali, em pé, com a boca aberta, olhando para sua pobre e velha gansa voando leve como uma cotovia, e melhor do que nunca. E quando ela pousou a seus pés, ele a acariciou na cabeça e disse: "Minha querida, você é a ave mais querida do mundo!".

— E o que você me diz — perguntou São Kavin —, por deixá-la assim?

— Por Deus — disse o rei —, digo que nada ou ninguém supera a arte do homem, exceto as abelhas.

— E não diz mais nada? — disse São Kavin.

— Digo que estou muito agradecido a você — respondeu o rei.

— Mas não vai me dar todas as terras sobre as quais a gansa voou? — disse São Kavin.

— Vou, sim — respondeu o rei O'Toole —, e você será bem-vindo nelas, apesar de ser o último alqueire que tenho para dar.

— Mas vai manter a palavra, de verdade? — disse o santo.

— Tão verdadeiramente quanto o sol brilha no céu — disse o rei.

— É bom mesmo para você, rei O'Toole, ter dito isso — disse o santo —, pois se não o tivesse feito, o demônio pegaria essa sua gansa e ela nunca mais voaria novamente.

O santo ficou contente ao ver que o rei era tão bom quanto a sua palavra e então se identificou.

— Rei O'Toole, você é um homem decente, e eu vim aqui só para testá-lo. Você não me reconheceu — disse ele — porque estou disfarçado.

— Oh, mas então quem é você? — perguntou o rei.

— Sou São Kavin — disse o santo, benzendo-se.

— Oh, Rainha dos Céus! — exclamou o rei, fazendo o sinal da cruz entre os olhos e ajoelhando-se diante do santo. — Então é o grande São Kavin, com quem estive conversando todo esse tempo, sem reconhecê--lo, como se ele fosse um mendigo ou um camponês? Então é um santo mesmo?

— Sou sim — disse São Kavin.

— Por Deus, eu pensei estar conversando apenas com um rapaz decente — disse o rei.

— Bem, agora você sabe qual é a diferença — disse o santo. — Eu sou São Kavin, o maior de todos os santos.

E então o rei recuperou sua gansa, que ficou novinha em folha, para diverti-lo pelo resto de sua vida, e o santo prometeu cuidar dela depois que voltasse à sua propriedade, como já lhe contei, até o dia de sua morte — o que aconteceu logo depois. A pobre gansa pensou que ele estivesse pegando uma truta na sexta--feira, mas, meu caro, tinha sido um erro, pois em vez de uma truta ele pegara uma enguia e, por Deus, em vez de a gansa matar uma truta para a ceia do rei, a enguia matou a gansa do rei. Não se pode culpá-lo por isso. Mas o rei não comeu a gansa, porque não se atrevia a comer aquilo em que São Kavin pusera as mãos abençoadas.

© *Copyright* desta tradução: Landy Editora Ltda, 2005.
Direitos cedidos à Editora Martin Claret Ltda; 2013
Título original: *Celtic Fairy Tales* (1892) e *More Celtic Fairy Tales* (1894)

Direção
MARTIN CLARET

Produção editorial
CAROLINA MARANI LIMA / FLÁVIA P. SILVA / MARCELO MAIA TORRES

Projeto gráfico e diagramação
GABRIELE CALDAS FERNANDES / GIOVANA GATTI LEONARDO

Direção de arte e capa
JOSÉ DUARTE T. DE CASTRO

Ilustração de miolo
ALEXANDRE CAMANHO

Tradução
VILMA MARIA DA SILVA E INÊS A. LOHBAUER

Revisão
PATRÍCIA MURARI

Impressão e acabamento
PAULUS GRÁFICA

A ORTOGRAFIA DESTE LIVRO FOI ATUALIZADA SEGUNDO O ACORDO ORTOGRÁFICO DA LÍNGUA PORTUGUESA DE 1990, QUE PASSOU A VIGORAR EM 2009.

Dados Internacionais de Catalogação na Publicação (CIP)
(Câmara Brasileira do Livro, SP, Brasil)

Jacobs, Joseph, 1854-1916.
Duendes, gigantes e outros seres fantásticos / Joseph Jacobs; tradução Vilma Maria da Silva e Inês A. Lohbauer]. — São Paulo: Martin Claret, 2013. — (Coleção contos; v. 4)

Título original : *Celtic Fairy Tales e More Celtic Fairy Tales*.
"Texto integral"
ISBN 978-85-7232-827-2

1. Contos de fadas - Grã-Bretanha
2. Celtas - Folclore
3. Folclore - Grã-Bretanha I. Título. II. Série.

13-08536   CDD-398.2

Índices para catálogo sistemático:
1. Contos de fadas celtas: Folclore   398.2

EDITORA MARTIN CLARET LTDA.
Rua Alegrete, 62 — Bairro Sumaré — CEP: 01254-010 — São Paulo — SP
Tel.: (11) 3672-8144 — Fax: (11) 3673-7146
www.martinclaret.com.br / editorial@martinclaret.com.br
Impresso - 2013